KB113526

은하철도의 밤

미야자와 겐지 단편선

은하철도의 밤

미야자와 겐지 단편선

미야자와 겐지 지음 | 장현주 옮김

더클래식

| 차 례 |

은하철도의 밤

1. 오후의 수업

"그럼 여러분 이렇게 강이라고도 하고 우유가 흐른 흔적이라고도 하는 이 희뿌연 것이 실제로 무엇인지 알고 있나요?"

선생님은 칠판에 걸어놓은 커다란 검은 별자리 지도에서 위아래로 이어지는 뿌연 띠 같은 부분을 가리키며 학생들에게 질문했습니다.

캄파넬라가 손을 들었습니다. 그리고 네다섯 명이 손을 들었습니다. 조반니도 손을 들려다가 그대로 멈추었습니다. 분명 그건 모두 별이라고 언젠가 잡지에서 읽었지만, 요즘 조반니는 매일 교실에서 졸거나 책을 읽을 시간도 읽을 책도 없어서 왠지 아무것도 모르는 듯한 기분이었습니다.

선생님도 이미 그 사실을 알아챘습니다.

"조반니, 너는 알고 있지?"

조반니는 기세 좋게 일어서기는 했지만 분명하게 대답할 수가 없었습니다. 앞쪽에 앉은 자네리가 조반니를 돌아보며 킥킥 웃었습니다. 조반니는 당황해서 얼굴이 새빨개지고 말았습니다.

선생님이 다시 말했습니다.

"커다란 망원경으로 은하를 잘 살펴보면, 은하는 대체 무엇일까요?"

역시 별이라고 조반니는 생각했지만 이번에도 바로 대답할 수가 없었습니다.

선생님은 잠시 난처한 표정을 짓더니 캄파넬라 쪽으로 눈길을 돌리고 말했습니다.

"그럼, 캄파넬라."

그러자 힘차게 손을 들던 캄파넬라도 머뭇거리며 일어서더니 역시 대답하지 못했습니다.

선생님은 의외라는 듯 잠시 캄파넬라를 바라보다가 "됐어요" 하고 말하며 직접 별자리 지도를 가리켰습니다.

"이 희뿌연 은하를 크고 성능 좋은 망원경으로 보면 수많은 작은 별들로 보입니다. 조반니 그렇죠?"

조반니는 얼굴이 새빨개진 채 고개를 끄덕였습니다. 그러나 어느새 조반니의 눈에는 눈물이 가득 고였습니다.

'그래, 나는 알고 있었어. 물론 캄파넬라도 알고 있었고. 언젠가 캄파넬라의 아버지인 박사님 집에서 읽었던 잡지에 실려 있던 거야. 캄파넬라는 그 잡지를 읽자마자 박사님의 서재에서 커다란 책을 가져왔고, 우리는 은하 부분을 펼쳐놓고 새까만 페이지 가득 하얀 점들이 있는 아름다운 사진을 오랫동안 들여다보았어. 캄파넬라가 그 일을 잊었을 리 없어. 요즘 내가 아침저녁으로 힘든 일을 하느라 학교에서 아이들과도 신나게 놀지 못하고 캄파넬라와도 이야기를 하지 못하니까 캄파넬라도 그걸 알고 미안한 마음에 일부러 대답하지 않은 거야.'

이런 생각이 들자 조반니는 자신도 캄파넬라도 가여워서 견딜 수가 없었습니다.

선생님이 다시 말했습니다.

"만약 이 은하수가 정말로 강이라고 생각한다면 이 작은 별 하나하나는 강바닥의 모래나 자갈에 해당하는 거예요. 또 이것을 거대한 우유의 흐름이라고 생각한다면 은하수와 매우 비슷해요. 즉 이 별들은 마치 우유 속에 떠 있는 작은 지방 알갱이에 해당합니다. 그렇다면 강물에 해당하는 것은 무엇일까요? 빛을 일정한 속도로 전달하는 진공이에요. 태양이나 지구 역시 진공 속에 떠 있습니다. 우리도 은하수 물속에 살고 있는 것이죠. 그 은하수 물속에서 사방을 둘러보면, 마치 물이 깊을수록 물빛이 푸르게 보이는 것처럼, 은하수 바닥이 깊고 먼 곳일수록 별이 많이 모인 것처럼 보이고 더 희뿌옇게 보이는 거예요. 자, 이 모형을 보세요."

선생님은 반짝이는 모래 알갱이가 잔뜩 들어 있는 커다란 양면 볼록렌즈를 가리켰습니다.

"은하수의 모양도 이와 꼭 같아요. 빛나는 알갱이 하나하나는 태양계의 태양과 마찬가지로 스스로 빛을 내는 별이에요. 태양이 중간쯤에 있고 지구가 바로 옆에 있다고 합시다. 여러분이 밤중에 이 한가운데 서서 이 렌즈 속을 들여다본다고 상상해보세요. 이쪽은 렌즈가 얇아서 미세하게 빛나는 알갱이, 즉 별이 조금밖에 보이지 않을 거예요. 이쪽이나 이쪽은 유리가 두꺼워서 빛나는 알갱이, 즉 별이 많이 보이고 멀리 있는 것은 희뿌옇게 보인다는 것이 바로 지금의 은하설입니다. 시간이 다 되었으니 렌즈의 크기와 그 안의 여러 가지 별에 대한 설명은 다음 과학 시간에 하겠습니다. 오늘은 은하 축제이니 여러분도 밖에 나가서 하늘을 잘 살펴보세요. 그럼 여기까지. 책과 공책을 집어넣으세요."

교실 안은 책상 덮개를 여닫거나 책을 집어넣는 소리로 한동안 소란스러웠지만 곧 모두 바르게 서서 인사를 하고 교실을 나섰습니다.

2. 활판 인쇄소

소반니가 교문을 나설 때 교정 구석의 벚나무 아래에 같은 반 친구 일고여덟 명이 캄파넬라를 중심으로 모여 있었습니다. 오늘 밤 은하 축제에 푸른 등불을 밝혀 강에 띄울 하눌타리* 열매를 따러 가자는 이야기를 하는 듯했습니다.

조반니는 팔을 크게 휘저으며 힘차게 교문을 나왔습니다. 마을의 집집마다 오늘 밤 은하 축제를 위해 주목** 열매로 만든 구슬을 매달거나 노송나무 가지에 등불을 밝히며 여러 가지 준비를 하고 있었습니다.

조반니는 집으로 돌아가지 않고 모퉁이를 세 번 돌아 커다란 활

---

* 박과의 여러해살이 덩굴풀로 7~8월에 자주색 꽃이 피고, 열매는 공 모양으로 누렇게 익는다.

** 고산 지대에서 자라며 높이는 15~20미터로 조각, 건축재, 붉은빛의 염료로 쓰인다.

판 인쇄소로 들어갔습니다. 입구 옆 계산대에 앉아 있던 헐렁한 티셔츠를 입은 사람에게 인사를 한 후 신발을 벗고 올라가 막다른 곳에 있는 커다란 문을 열었습니다. 안은 낮인데도 전등을 켜놓고, 윤전기 여러 대가 윙윙 돌아가고, 천으로 머리를 동여매거나 전등 갓처럼 생긴 모자를 쓴 사람들이 노래를 흥얼거리듯 무언가를 읽거나 세면서 열심히 일하고 있었습니다.

조반니는 입구에서 세 번째 높은 탁자에 앉아 있는 사람 앞으로 걸어가 인사를 했습니다. 그 사람은 잠시 선반을 뒤지더니 "이것만 찾아주겠니"라고 말하며 종이 한 장을 건넸습니다. 조반니는 그 사람의 탁자 밑에서 납작한 상자 하나를 꺼내 앞쪽으로 가서 전등불이 밝혀진 벽의 한쪽 구석에 쭈그리고 앉아 작은 핀셋으로 좁쌀만 한 크기의 활자를 하나하나 골라내기 시작했습니다. 파란 앞치마를 두른 사람이 조반니의 뒤를 지나가며 "어이, 돋보기군, 왔어"라고 말하자 옆에 있던 네다섯 명이 소리를 내지도 돌아보지도 않은 채 차갑게 웃었습니다.

조반니는 몇 번이나 눈을 비비며 활자를 차례차례 골라냈습니다.

6시가 한참 지났을 무렵, 조반니는 골라낸 활자가 가득 들어 있는 납작한 상자와 손에 든 종잇조각을 다시 한번 대조한 후 탁자에 앉아 있는 사람에게 가지고 갔습니다. 그 사람은 아무 말 없이 그것을 받아들고 고개를 살짝 끄덕였습니다.

조반니는 인사를 한 후 문을 열고 계산대로 갔습니다. 그러자 흰옷을 입은 사람이 잠자코 작은 은화 한 닢을 조반니에게 건넸습니다. 조반니는 금세 얼굴빛이 밝아져 힘차게 인사를 하고 계산대 아래 두었던 가방을 들고 밖으로 뛰어나갔습니다. 그리고 기분 좋게 휘파람을 불며 빵집에 들러 빵 한 덩어리와 각설탕 한 봉지를 사서 쏜살같이 내달렸습니다.

3. 집

조반니가 급히 돌아온 곳은 어느 뒷골목의 작은 집이었습니다. 나란히 있는 세 개의 문 중 가장 왼쪽에는 보랏빛 케일과 아스파라거스를 심은 상자가 있었고, 두 개의 작은 창문에는 차양이 처져 있었습니다.

"엄마, 저 왔어요. 몸은 괜찮으세요?"

조반니는 신발을 벗으며 말했습니다.

"조반니, 일하느라 고생 많았지? 오늘은 시원하구나. 그래서 그런지 몸 상태가 좋구나."

조반니가 현관을 들어서자 엄마가 현관 바로 옆방에 하얀 이불을 덮고 누워 있는 것이 보였습니다. 조반니는 창문을 열었습니다.

"엄마, 오늘은 각설탕을 사가지고 왔어요. 우유에 넣어드리려고요."

"너 먼저 마시렴. 엄마는 아직 생각이 없구나."

"엄마, 누나는 언제 돌아왔어요?"

"응, 3시쯤에 왔어. 집안일을 모두 해주었단다."

"엄마 우유는 아직 안 온 거예요?"

"안 온 모양이구나."

"제가 가져올게요."

"나는 천천히 마셔도 되니까 너 먼저 마시렴. 누나가 토마토로 뭘 만들어놓고 갔어."

"먹을게요."

조반니는 창문 옆에 놓인 토마토 접시를 가져와 빵과 함께 한동안 우적우적 먹었습니다.

"엄마, 아버지는 곧 돌아올 거라고 생각해요."

"엄마도 그렇게 생각한단다. 그런데 너는 왜 그렇게 생각하니?"

"오늘 아침 신문에 북쪽 지방에서 고기가 아주 많이 잡혔다고 쓰여 있었거든요."

"하지만 엄마, 어쩌면 아버지는 고기잡이를 하러 가지 않았을지도 몰라."

"분명 갔을 거예요. 아버지가 감옥에 갈 정도로 나쁜 짓을 했을 리가 없어요. 지난번에 아버지가 가져다주셔서 학교에 기증한 커다란 게딱지와 순록 뿔은 지금도 표본실에 있어요. 6학년 수업 시간에는 선생님이 번갈아 교실에 가져가요."

"아버지가 이번에는 너에게 해달 가죽 겉옷을 가져다준다고 하셨지."

"나를 만나면 모두 그 말을 해요. 놀리 듯이요."

"아이들이 놀리니?"

"네, 그렇지만 캄파넬라는 절대 안 그래요. 캄파넬라는 다른 아이들이 그런 말을 하면 딱하다는 표정을 지어요."

"네 아버지와 캄파넬라의 아버지도 너희처럼 어린 시절부터 친구였다는구나."

"그래서 아버지는 나를 캄파넬라의 집에 데리고 갔어요. 그때는 참 좋았는데. 나도 학교에서 돌아오는 길에 종종 캄파넬라의 집에 들렀어요. 엄마, 캄파넬라의 집에는 알코올램프로 달리는 기차가 있어요. 레일 일곱 개를 맞추면 둥근 레일이 만들어지고 전봇대와 신호등도 있어서 기차가 지나갈 때면 신호등 불빛이 파란색으로 바뀌어요. 언젠가 한번은 알코올이 떨어져서 석유를 썼더니 램프가 새까맣게 그을린 적도 있어요."

"그랬구나."

"지금도 매일 아침 신문을 돌리러 그곳에 가요. 그렇지만 집 안은 언제나 쥐 죽은 듯이 조용해요."

"이른 시간이니까."

"그 집에는 자우엘이라는 강아지가 있어요. 꼬리가 마치 빗자루처럼 생겼어요. 내가 가면 코를 킁킁거리며 마을 모퉁이까지 계속 따라와요. 더 따라올 때도 있어요. 오늘 밤에 모두 하눌타리 등불을 띄우러 강에 간대요. 분명 강아지도 따라갈 거예요."

"그렇구나. 오늘 밤에 은하 축제가 있지."

"저도 우유 가지러 갔다가 구경하고 올게요."

"그래. 다녀오렴. 강에는 들어가지 말고."

"네. 강가에서 구경만 할 거예요. 한 시간 내로 다녀올게요."

"더 놀다 오렴. 캄파넬라와 함께라면 걱정 없으니까."

"틀림없이 같이 있을 거예요. 엄마, 창문 닫을까요?"

"그래 주겠니? 벌써 쌀쌀하구나."

조반니는 일어나 창문을 닫고 접시와 빵 봉지를 치운 다음 신발을 신고는 "그럼 한 시간 반 안에 돌아올게요" 하고 말하며 어두운 문밖으로 나갔습니다.

4. 켄타우루스 축제의 밤

조반니는 쓸쓸히 휘파람을 부는 듯이 입모양을 하고 노송나무가 시커멓게 늘어선 마을 언덕을 내려왔습니다.

언덕 아래 커다란 가로등 하나가 푸른빛을 띠고 있었습니다. 조반니가 성큼성큼 가로등 쪽으로 내려가자 지금까지 요괴처럼 길고 희미하게 뒤따라오던 조반니의 그림자가 점점 짙어지고 선명해져 발을 들기도 하고 손을 휘젓기도 하며 조반니 옆으로 돌아왔습니다.

'나는 멋진 기관차야. 여기는 비탈길이니까 속도가 빨라. 나는 지금 가로등을 지나갈 거야. 그래 이번에 내 그림자는 컴퍼스야. 이렇게 빙 돌아 앞쪽으로 왔잖아.'

조반니가 이런 생각을 하며 성큼성큼 가로등 밑을 지나왔을 때 깃이 뾰족한 새 셔츠를 입은 같은 반 자네리가 가로등 맞은편의 어두운 골목에서 나와 조반니를 휙 스치고 지나갔습니다.

"자네리, 하늘타리 띄우러 가는 거야?"

조반니의 말이 채 끝나기도 전에 "조반니, 네 아버지가 해달 가죽 겉옷을 가져다준다며" 하고 자네리가 등 뒤에서 쏘아붙이듯 외쳤습니다.

조반니는 순간 가슴이 싸늘해지고 주위가 찡 울리는 것 같았습니다.

"뭐야, 자네리."

조반니는 소리 높여 외쳤지만, 자네리는 벌써 건너편의 노송나무가 있는 집으로 들어가버렸습니다.

'내가 뭘 잘못했다고 저런 말을 하는 걸까? 달릴 때는 꼭 쥐새끼 같은 주제에. 아무 짓도 하지 않은 내게 저런 말을 하는 건 자네리가 바보이기 때문이야.'

조반니는 끊임없이 이런저런 생각을 하며 각종 등불과 나뭇가지로 매우 아름답게 꾸며진 거리를 걸어갔습니다. 네온 등이 환하게 켜진 시계 가게에는 돌로 만든 부엉이의 붉은 눈이 1초에 한 번씩 빙글빙글 움직이고, 바다 빛의 두꺼운 유리판 위에는 갖가지 보석이 별처럼 천천히 돌아가고 구리로 만든 반인반마가 천천히 이쪽으로 돌아왔습니다. 유리판 한가운데에는 푸른 아스파라거스 잎으로 꾸민 검은 별자리 지도가 있었습니다.

조반니는 넋을 잃고 별자리 지도를 들여다보았습니다.

낮에 학교에서 본 별자리 지도보다 훨씬 작았지만 날짜와 시간에 맞춰 판을 돌리면 그 시간에 보이는 하늘이 그대로 타원형 안에 나타나도록 만들어졌습니다. 역시 한가운데는 위아래로 희뿌연 띠 모양의 은하가 이어져 있고, 아래쪽은 폭발이 일어나 연기가 피어오르는 것처럼 보였습니다. 또 그 뒤편에는 삼각대 위에 놓인 금빛 작은 망원경이 있고, 맨 뒤쪽 벽에는 하늘의 별자리를 짐승과 뱀, 물고기, 병 모양으로 그린 커다란 그림이 걸려 있었습니다.

'정말 하늘에는 전갈이나 용사 같은 것들로 가득한 걸까? 나도 별들 사이를 끝없이 걸어 보고 싶다.'

이런 생각을 하며 잠시 멍하니 서 있었습니다.

그러다 갑자기 엄마가 드실 우유 생각이 떠올라 조반니는 시계 가게 앞을 떠났습니다. 윗옷 어깨가 꽉 끼어서 신경 쓰였지만 가슴을 펴고 팔을 크게 휘저으며 걸어갔습니다.

맑은 공기는 거리와 가게로 물처럼 흘러들고, 가로등은 푸른 전나무와 졸참나무 가지에 둘러싸이고, 전기 회사 앞의 플라타너스 여섯 그루에는 가지마다 꼬마전구가 불 밝혀져 인어의 도시처럼 보였습니다. 아이들은 주름을 잡은 새 옷을 입고 별자리 노래를 휘파람으로 불거나 "켄타우루스, 이슬을 내려라" 하고 소리치며 뛰어다니거나 푸른 마그네시아 폭죽을 터뜨리며 즐겁게 놀고 있었습니다. 하지만 조반니는 어느새 다시 고개를 푹 숙인 채 주위의 떠들썩함과는 전혀 다른 것을 생각하며 우유 가게 쪽으로 걸음을 서둘렀습니다.

조반니는 미루나무 여러 그루가 별이 총총한 밤하늘에 솟아 있는 마을에 다다랐습니다. 조반니는 우유 가게의 검은 문 안으로 들어가 우유 냄새가 나는 어둑한 부엌 앞에 서서 모자를 벗고 "실례합니다" 하고 말했지만, 아무도 없는지 집 안은 조용했습니다.

"안녕하세요. 실례합니다."

조반니가 똑바로 서서 다시 외쳤습니다. 그러자 한참 뒤에 나이 지긋한 여자가 몸이 아픈 듯 천천히 나와서 무슨 일이냐고 웅얼거렸습니다.

"저, 오늘 우유가 안 와서 가지러 왔어요."

조반니는 큰 소리로 말했습니다.

"지금 아무도 없어서 몰라요. 내일 다시 와요."

그 사람은 충혈된 눈 밑을 비비며 조반니를 내려다보았습니다.

"엄마가 아프셔서 오늘 가져가야 해요."

"그럼 조금 있다가 와봐요."

그 사람은 벌써 들어가려고 했습니다.

"그렇습니까? 고맙습니다."

조반니는 인사를 하고 부엌을 나왔습니다.

네거리 모퉁이를 돌아서려는데 건너편 다리 쪽으로 가는 잡화점 앞에 검은 그림자와 희끄무레한 셔츠가 뒤섞여 있었습니다. 학생들 예닐곱 명이 휘파람을 불거나 웃으며 저마다 하늘타리 등불을 들고 오는 것이 보였습니다. 웃음소리도 휘파람 소리도 모두 귀에 익었습니다. 조반니와 같은 반 아이들이었죠. 조반니는 자신도 모르게 가슴이 철렁 내려앉아 돌아가려고 했지만 생각을 바꿔 힘차게 아이들 쪽으로 걸어갔습니다.

"강에 가는 거야?"

조반니가 이렇게 말하려고 했으나, 목이 조금 잠긴 것을 느꼈을 때 자네리가 소리쳤습니다.

"조반니에게 해달 가죽 겉옷이 생길 거래."

"조반니에게 해달 가죽 겉옷이 생길 거래."

모두 뒤이어 소리쳤습니다. 조반니는 얼굴이 새빨개져 어디로 가야 할지 모른 채 서둘러 그 자리를 피했습니다. 아이들 중에 캄파넬라가 있었습니다. 캄파넬라는 애처로운 표정으로 말없이 웃고는 화나지 않느냐는 듯 조반니를 바라보았습니다.

조반니는 도망치듯 그 눈길을 피하며 키 큰 캄파넬라 옆을 지나쳤고 아이들은 곧바로 휘파람을 불었습니다. 길모퉁이를 돌아가며 뒤돌아보니 자네리도 뒤돌아보고 있었습니다. 그리고 캄파넬라도 휘파람을 높이 불며 희미하게 보이는 맞은편 다리 쪽으로 걸어가버렸습니다. 조반니는 뭐라 말할 수 없이 쓸쓸해져 갑자기 뛰기 시작했습니다. 그러자 귀에 손을 대고 와와 소리치며 한 발로 깡충깡충 뛰고 있던 어린아이들이 조반니가 신이 나서 뛰어가는 줄 알고 와아 하고 소리쳤습니다.

조반니는 검은 언덕을 향해 서둘러 달려갔습니다.

5. 천기륜(天氣輪) 기둥

　목장 뒤쪽 검고 평평한 언덕 꼭대기는 북쪽 하늘의 큰곰자리 아래에서 평소보다도 희미하고 낮아 보였습니다.

　조반니는 벌써 이슬이 내리기 시작한 작은 숲의 샛길을 성큼성큼 올라갔습니다. 새까만 풀과 여러 가지 모양으로 보이는 덤불 사이로 난 작은 길에 한 줄기 새하얀 별빛이 비치고 있었습니다. 수풀 사이에는 푸른빛으로 반짝이는 작은 벌레도 있어서 어떤 잎은 파랗게 보였습니다. 조반니는 좀 전에 아이들이 들고 가던 하눌타리 등불 같다고 생각했습니다.

　검은 소나무와 졸참나무 숲을 지나자 갑자기 드넓은 하늘이 펼쳐지며 희뿌연 은하수가 남쪽에서 북쪽으로 흐르는 것이 보이고 또 언덕 꼭대기의 천기륜* 기둥도 보였습니다. 마치 꿈속에서 보는 듯한 초롱꽃인지 들국화인지 모를 꽃이 주위에 피어 있고, 언덕

위를 새 한 마리가 울며 날아갔습니다.

조반니는 언덕 꼭대기의 천기륜 기둥 아래에 와서 지친 몸을 차가운 풀밭에 던졌습니다.

마을 불빛은 마치 바닷속 궁전처럼 어둠을 밝히고, 아이들의 노랫소리와 휘파람 소리, 끊어졌다 이어졌다 하는 고함 소리가 희미하게 들려왔습니다. 멀리서 바람이 울어 언덕의 풀이 소리 없이 흔들리고 땀에 젖은 조반니의 옷도 차갑게 식었습니다.

들판에서 기차 소리가 들려왔습니다. 그 작은 기차의 일렬로 늘어선 창문은 작고 붉어보였고, 그 안에서 여행객들이 사과를 깎거나 웃거나 이런저런 일을 하고 있을 것이라고 생각하니 조반니는 말할 수 없이 슬퍼져 다시 하늘을 쳐다보았습니다.

'아, 저 희뿌연 띠는 모두 별이라고 했지.'

그러나 아무리 보아도 하늘은 낮에 선생님의 말씀처럼 텅 빈 차가운 곳이라는 생각이 들지 않았습니다. 보면 볼수록 작은 숲이나 목장이 펼쳐진 들판처럼 보였습니다. 조반니는 거문고자리의 푸른 별이 세 개로 네 개로 반짝이며 몇 번이나 빛줄기가 나오기도 하고 들어가기도 하더니 마침내 버섯처럼 기다랗게 늘어나는 것을 보았습니다. 또 내려다보이는 마을까지도 많은 별이 모인 희미한 별무리나 거대한 연기처럼 보였습니다.

---

* 절에 있는 화강암 기둥으로 기둥 위쪽에 둥근 쇠바퀴를 끼워서 빙글빙글 돌리며 날이 개고 비가 오기를 기원한다. 이 기구를 보고 작가가 창작한 듯하다.

6. 은하 역

조반니는 천기륜 기둥이 어느새 희미한 삼각표 모양이 되어 잠시 반딧불처럼 깜빡거리는 것을 보았습니다. 삼각표가 점점 더 선명해지더니 마침내 전혀 움직이지 않고 검푸른 하늘 들판에 멈췄습니다. 이제 막 달군 푸른 강철처럼 하늘 들판에 똑바로 섰습니다.

그러자 어디선가 "은하 역, 은하 역" 하는 이상한 소리가 들리는가 싶더니 마치 불똥꽁뚜기 억만 마리의 빛을 한꺼번에 화석으로 만들어 하늘에 수놓은 것처럼, 다이아몬드 회사에서 값이 떨어지지 않도록 일부러 캐지 않고 숨겨놓은 다이아몬드를 누군가가 뿌려놓은 것처럼 순식간에 눈앞이 밝아져 조반니는 자기도 모르게 몇 번씩이나 눈을 비볐습니다.

정신을 차리고 보니 조반니가 탄 작은 열차는 덜컹덜컹 소리를 내며 달리고 있었습니다. 조반니는 작고 노란 전등이 늘어선 객실에 앉아 창밖을 바라보았습니다. 푸른 벨벳을 씌운 의자는 텅 비어 있고 맞은편 잿빛 벽에는 커다란 놋쇠 버튼 두 개가 번쩍이고 있었습니다.

바로 앞자리에는 젖은 듯 새까만 윗옷을 입은 키 큰 아이가 창밖으로 고개를 내밀고 밖을 보고 있었습니다. 그 아이의 어깨 언저리가 아무래도 어디서 본 것 같아 누군지 궁금해서 견딜 수가 없었습니다. 그래서 창밖으로 고개를 내밀려는데, 갑자기 그 아이가 고개를 집어넣고 이쪽을 보았습니다.

그 아이는 캄파넬라였습니다.

"캄파넬라 언제부터 여기에 있었니?" 하고 말하려는데 캄파넬라가 말했습니다.

"모두 열심히 달렸지만 늦었어. 자네리도 열심히 달렸지만 따라잡지 못했어."

조반니는 '그래, 우리는 지금 같이 외출했지'라고 생각하며 말했습니다.

"어디에서 아이들을 기다릴까?"

그러자 캄파넬라가 말했습니다.

"자네리는 벌써 돌아갔어. 아버지가 데리러 왔거든."

그렇게 말하는 캄파넬라는 얼굴빛이 조금 창백해져 어딘가 아픈 듯 보였습니다. 그러자 왠지 조반니도 어딘가에 뭔가를 놓고 온 듯 묘한 기분이 들어 입을 다물어버렸습니다.

그러나 캄파넬라는 금세 기운을 되찾은 듯 창밖을 내다보며 힘차게 말했습니다.

"아, 어떡하지. 나, 물통 놓고 왔어. 스케치북도 안 가져왔고. 하지만 상관없어. 이제 곧 백조 정거장이니까. 난 백조 보는 걸 정말 좋아해. 강 저편으로 멀리 날아가도 나는 분명 볼 수 있을 거야."

그러면서 캄파넬라는 원판 모양의 지도를 계속 빙글빙글 돌리며 보고 있었습니다. 지도에는 하얗게 표시된 은하수의 왼쪽 기슭을 따라 한 줄기 철로가 남쪽을 향해 뻗어 있었습니다. 그리고 그 지도의 훌륭한 점은 밤처럼 새까만 판 위에 열한 개 정거장과 삼각표, 샘물과 숲이 파랑, 주황, 초록 같은 아름다운 빛깔로 표시되어 있다는 사실이었습니다. 조반니는 그 지도를 어디선가 본 듯했습니다.

"이 지도 어디서 샀니? 흑요석으로 만들었네."

조반니가 물었습니다.

"은하 역에서 받았어. 너는 못 받았어?"

"아, 내가 은하 역을 지나쳤나? 지금 우리가 있는 곳이 여기지?"

조반니가 백조라고 쓰인 정거장 표시 바로 위쪽을 가리켰습니다.

"그래. 그런데 강기슭은 달빛이 비추는 걸까?"

그쪽을 보니 푸르스름하게 빛나는 은하 기슭 주위를 가득 메운 은빛 억새가 바람에 사각사각 흔들리며 물결치고 있었습니다.

"달빛 때문이 아니야. 은하라서 빛나는 거야."

조반니는 마치 뛰어오를 것처럼 유쾌해져서 발을 구르며 창밖으로 얼굴을 내밀고는 별자리 노래를 휘파람으로 불며 힘껏 발돋

움을 하여 은하수를 보려고 했습니다. 처음에는 잘 보이지 않았지만 좀 더 주의 깊게 보니 강물은 유리보다도 수소보다도 투명하여 눈의 착각인지 때때로 찰랑찰랑 보랏빛 잔물결을 일으키기도 하고 무지개처럼 빛나기도 하면서 소리 없이 흘러갔습니다. 들판에는 이쪽에도 저쪽에도 인광(燐光)이 나는 삼각표가 멋지게 서 있었습니다. 멀리 있는 것은 작게, 가까이 있는 것은 크게, 멀리 있는 것은 오렌지빛이나 노란빛으로 또렷하게, 가까이 있는 것은 푸른빛으로 흐릿하게 보였고, 삼각형, 사각형, 혹은 번개나 사슬 모양으로 늘어서서 들판 가득 빛나고 있었습니다. 조반니는 가슴이 두근두근하여 머리를 힘차게 흔들었습니다. 그러자 그 아름다운 들판의 푸른빛, 오렌지빛처럼 여러 빛깔로 빛나는 삼각표가 각각 숨을 쉬는 것처럼 흔들리거나 떨렸습니다.

조반니가 왼손을 창밖으로 뻗어 앞쪽을 가리키며 말했습니다.

"이제 하늘 들판에 왔어. 근데 이 기차는 석탄을 때지 않네."

"알코올이나 전기를 사용하겠지."

캄파넬라가 말했습니다.

덜컹덜컹, 작고 멋진 기차는 바람에 흔들리는 억새 사이를, 은하수와 삼각표가 뿜어내는 푸르스름하고 희미한 빛 속을 끝없이 달려갔습니다.

"아, 용담꽃이 피어 있어. 벌써 가을이구나."

캄파넬라는 창밖을 가리키며 말했습니다.

철로 옆 키 작은 잔디 사이에 월장석*으로 새긴 듯한 보랏빛 용담꽃이 피어 있었습니다.

"나, 뛰어내려서 용담꽃을 꺾어 올까?"

조반니는 흥분해서 말했습니다.

"이미 늦었어. 벌써 저렇게 멀어져버렸잖아."

캄파넬라의 말이 끝나기도 전에 또 다른 용담꽃 무리가 빛나며 지나갔습니다.

계속해서 노란 받침 위에 용담꽃 무리가 솟아나듯 비 내리듯 눈 앞을 스쳐갔고, 삼각표의 행렬은 연기가 피어오르듯 불이 타오르 듯 더욱더 빛을 내며 서 있었습니다.

---

* 보석용 광물로 보는 각도에 따라 빛깔이 달라진다.

7. 북십자성*과 플라이오세 해안

"엄마가 나를 용서해주실까?"

갑자기 캄파넬라가 결심한 듯 조금 더듬거리며 빠르게 말했습니다.

'아, 그렇지. 우리 엄마는 저 멀리 먼지처럼 보이는 오렌지빛 삼각표 부근에 계시는데 지금 내 생각을 하고 계시겠지.'

조반니는 멍하니 이런 생각을 하고 있었습니다.

"나는 엄마가 진정으로 행복해진다면 어떤 일이라도 할 거야. 그런데 어떤 일이 엄마의 진정한 행복일까?"

캄파넬라는 터지려는 울음을 가까스로 참고 있는 듯했습니다.

"너희 엄마는 특별히 힘든 일은 없잖아?"

---

* 백조자리에 있는 다섯 개의 별이 십자형을 이룬다.

조반니는 깜짝 놀라 물었습니다.

"난 잘 모르겠어. 하지만 누구나 정말로 좋은 일을 하면 가장 행복한 거야. 그러니까 엄마는 나를 용서해줄 거야."

캄파넬라는 뭔가 결심한 듯 보였습니다.

갑자기 기차 안이 환하게 밝아졌습니다. 다이아몬드와 이슬과 온갖 아름다운 것을 모아놓은 듯 눈부시게 아름다운 은하 바닥을 강물이 소리도 형태도 없이 흘러가고, 그 강물 가운데 푸르스름한 후광이 비치는 섬 하나가 보였습니다. 그 섬의 평평한 꼭대기에는 눈이 번쩍 뜨일 만큼 멋진 하얀 십자가가 얼어붙은 북극의 구름으로 만든 듯 황금빛 후광에 둘러싸여 고요히 영원토록 서 있었습니다.

"할룰레야, 할룰레야."*

앞에서도 뒤에서도 소리가 났습니다. 뒤돌아보니 기차 안의 여행자들은 모두 옷 주름을 늘어뜨리고 검은 표지의 성경을 가슴에 대거나 수정 묵주를 돌리며 다 같이 두 손을 모으고 십자가를 향해 기도했습니다. 무의식중에 조반니와 캄파넬라도 일어났습니다. 캄파넬라의 뺨은 마치 잘 익은 사과처럼 아름답게 빛났습니다.

그리고 섬과 십자가는 점점 뒤쪽으로 멀어졌습니다.

건너편 강기슭도 푸르스름하게 빛나며 흐려졌고 때때로 은빛 억새가 바람에 흔들리는 듯 은빛이 흐려지는 것이 마치 숨결이라

---

* 미야자와 겐지는 하느님을 찬양한다는 뜻의 '할렐루야'를 일부러 '할룰레야'로 표기했으나 그 의도는 알 수 없다.

도 내뿜는 것처럼 보였습니다. 또 많은 용담꽃은 풀잎 사이로 숨었다 나타났다 하는 모양이 마치 어슴푸레한 도깨비불 같았습니다.

그것도 잠시, 백조섬은 강과 기차 사이에 줄지어 늘어선 억새에 가려 두어 번 보이다가 곧 멀어져 작은 그림처럼 되고, 다시 억새가 사각사각 소리를 내더니 마침내 완전히 보이지 않게 되었습니다. 조반니 뒤에는 언제부터 타고 있었는지 키 크고 검은 홑옷을 뒤집어쓴 가톨릭 수녀가 동그란 초록빛 눈동자를 아래로 떨어뜨린 채 백조섬에서 어떤 소리가 들려올지 경건히 귀 기울이고 있는 것처럼 보였습니다. 여행객들은 조용히 자리로 돌아갔고, 조반니와 캄파넬라도 가슴속 가득한 슬픔과 비슷한 새로운 기분을 서로 다른 표현으로 조용히 이야기를 나누었습니다.

"이제 곧 백조 정거장이지."

"응. 11시 정각에 도착할 거야."

벌써 신호기의 초록 불빛과 하얀 기둥이 빠르게 지나갔고 유황불 같은 어둡고 흐릿한 전철기 앞의 불빛이 창 아래로 지나가자 기차는 점점 느려졌습니다. 이윽고 플랫폼에 일렬로 늘어선 전등이 차례차례 나타나고 점점 넓게 퍼졌을 때 조반니와 캄파넬라는 백조 정거장의 커다란 시계 앞에 멈춰 섰습니다.

상쾌한 가을의 시계 숫자판에는 파랗게 달궈진 강철 바늘 두 개가 있었는데 11시를 가리키고 있었습니다. 승객들이 한꺼번에 내려서 기차 안은 텅 비어버렸습니다.

시계 아래에는 '20분간 정차'라고 쓰여 있었습니다.

"우리도 내릴까?"

조반니가 말했습니다.

"내리자."

두 사람은 동시에 벌떡 일어나 문을 열고 나가 개찰구까지 달려 갔습니다. 그런데 개찰구에는 보랏빛 전등 하나가 켜져 있을 뿐 아무도 없었습니다. 주위를 둘러봐도 역장이나 짐꾼 같은 사람은 그림자도 보이지 않았습니다.

두 사람은 정거장 앞에서 수정 세공품처럼 보이는 은행나무로 둘러싸인 작은 광장으로 나왔습니다. 그곳에는 은하의 푸른빛 속으로 뻗어 있는 넓은 길이 있었습니다.

조금 전에 내린 사람들은 벌써 어디로 갔는지 한 사람도 보이지 않았습니다. 두 사람이 하얀 길을 나란히 걷자 둘의 그림자는 마치 사방에 창문이 있는 방을 떠받치는 두 기둥의 그림자처럼, 또는 차 바퀴의 두 바퀴살처럼 사방팔방으로 퍼졌습니다. 얼마 지나지 않아 기차에서 보았던 아름다운 강가의 모래밭에 이르렀습니다.

캄파넬라는 아름다운 모래를 한 줌 집어 올리더니 손바닥에 얹고서 손가락으로 문지르며 꿈꾸듯 말했습니다.

"이 모래는 모두 수정이야. 안에서 작은 불꽃이 타고 있어."

"그래."

'내가 이런 걸 어디서 배웠지'라고 생각하며 조반니는 멍하니 대답했습니다.

강가의 모래알은 모두 투명했는데 수정과 토파즈, 습곡처럼 구불구불한 것, 모서리에서 안개처럼 푸르스름한 빛을 내는 사파이어가 있었습니다. 조반니는 물가로 뛰어가 손을 담갔습니다. 신비로운 은하수는 수소보다도 투명했습니다. 그럼에도 두 사람의 물에 담근 손목 부분에 수은 빛이 감돌고 손목에 부딪힌 물결이 아름다운 인광을 내며 타는 듯이 보이는 것만으로도 강이 흐르고 있는 것을 분명히 알 수 있었습니다.

상류를 보니 억새가 가득한 절벽 아래에 운동장처럼 평평한 하얀 바위가 강을 따라 튀어나와 있었습니다. 바위 위에 대여섯 명의 작은 그림자가 뭔가를 파거나 묻거나 하는 듯 일어서기도 하고 앉아 있기도 하고 때때로 어떤 도구가 번쩍이기도 했습니다.

"가보자."

두 사람은 동시에 외치고 바위 쪽으로 뛰어갔습니다. 하얀 바위 입구에 '플라이오세* 해안'이라는 도자기로 만들어진 반들반들한 푯말이 세워져 있고, 맞은편 강가에는 군데군데 가느다란 철로 만든 난간과 아름다운 나무 벤치가 있었습니다.

"어, 이상한 게 있어."

캄파넬라가 신기하다는 듯 멈춰 서서 바위에서 검고 길쭉하며 끝이 뾰족한 호두 열매 같은 것을 주웠습니다.

"호두 열매야. 이것 봐, 많이 있어. 떠내려온 게 아니야. 바위 사이에 끼어 있어."

---

* 신생대 제3기 최후의 시대로, 이 시대의 지층에서는 조개류나 말, 코끼리, 사슴 등 동물 화석이 많이 나온다.

"정말 크네. 보통 호두보다 두 배는 더 되겠어. 이건 상처 하나 없어."

"저쪽으로 가보자. 분명 뭔가를 파내고 있을 거야."

두 사람은 톱날처럼 까끌까끌한 검은 열매를 들고, 다시 바위 쪽으로 갔습니다. 왼쪽 물가에는 약한 번개가 치듯 물결이 밀려오고 오른쪽 절벽에는 은과 조개껍질로 만든 것 같은 억새 이삭이 흔들리고 있었습니다.

가까이 다가가 보니, 키 크고 두꺼운 안경을 쓰고 장화를 신은 학자인 듯한 사람이 수첩에 뭔가를 급히 적으며 곡괭이질을 하거나 삽질을 하는 조수인 듯한 세 사람에게 정신없이 지시를 내리고 있었습니다.

"거기 그 돌기는 부수지 않도록. 삽을 사용해, 삽을. 이런, 조금 더 멀리서 파야지. 안 돼, 안 돼. 왜 그렇게 거칠게 하는 거야."

가만히 보니, 하얗고 부드러운 바위 속에서 커다랗고 푸르스름한 짐승 뼈가 옆으로 쓰러져 으깨진 상태로 반 이상 드러나 있었습니다. 그리고 자세히 보니 거기에는 두 개의 발굽 자국이 찍힌 바위 열 개가량이 사각형으로 반듯하게 잘려 번호가 붙어 있었습니다.

"너희들 견학 온 거니?"

학자인 듯한 사람이 안경을 반짝이며 이쪽을 보고 물었습니다.

"호두가 많지? 그건 약 120만 년 전의 호두야. 꽤 최근 것이지. 이곳은 120만 년 전, 제3기 이후 무렵에는 바닷가였기 때문에 이 아래에서는 조개껍데기도 나온단다. 그러니까 지금 강이 흐르고 있는 곳에 소금물이 밀려오기도 하고 밀려가기도 한 거야. 이 동물은 보스라고 하는데, 어이 이봐, 거기 곡괭이는 안 돼. 끌로 조심조심히 하라고. 보스라는 동물은 소의 조상인데 옛날에는 아주 많았지."

"표본으로 만드는 거가요?"

"아니, 증명하는 데 필요해. 여기는 두껍고 훌륭한 지층이라서 120만 년 전쯤에 생겼다는 여러 가지 증거를 찾을 수 있겠지만 우리와 생각이 다른 사람들이 보기에도 이곳이 지층으로 보일까? 어쩌면 단순히 바람과 물과 텅 빈 공간으로 보일지도 모르는 일이거든. 이해하겠니? 그렇지만……, 이봐, 거기도 삽은 안 돼. 바로 밑에 갈비뼈가 묻혀 있다고."

학자는 당황하여 달려갔습니다.

"시간 다 됐어. 가자."

캄파넬라가 지도와 손목시계를 번갈아 보며 말했습니다.

"그럼 저희들은 그만 가보겠습니다."

조반니는 학자에게 공손히 인사를 했습니다.

"그래? 그럼, 잘 가라."

학자는 다시 바쁜 듯이 여기저기를 돌아다니며 감독하기 시작했습니다.

두 사람은 기차 시간에 늦지 않도록 하얀 바위 위를 열심히 뛰어갔습니다. 둘은 바람처럼 달렸습니다. 숨도 차지 않고 다리도 아프지 않았습니다.

조반니는 이렇게 달리면 전 세계를 달릴 수 있겠다고 생각했습니다.

조금 전 강가를 지나자 개찰구의 전등이 점점 크게 보였습니다. 이윽고 열차에 오른 두 사람은 창가 쪽 자리에 앉아 방금 다녀온 곳을 창밖으로 보았습니다.

8. 새를 잡는 사람

"여기에 앉아도 될까요?"

거칠지만 친절한 느낌의 목소리가 조반니와 캄파넬라 뒤에서 들렸습니다.

목소리의 주인공은 해진 갈색 외투를 입고 하얀 천으로 싼 짐을 두 어깨에 짊어진 수염이 붉고 등이 굽은 사람이었습니다.

"네, 앉으세요."

조반니는 어깨를 조금 움츠리며 인사를 했습니다. 조반니가 왠지 쓸쓸하고 슬픈 마음에 정면의 시계를 말없이 보고 있는데 멀리 앞쪽에서 유리 피리 소리가 들렸습니다. 기차는 조용히 움직이고 있었습니다. 캄파넬라는 객실 천장을 여기저기 보고 있었습니다. 검은 장수풍뎅이가 전등 하나에 앉아 천장에 커다란 그림자가 비치고 있었던 것입니다. 붉은 수염 남자는 미소를 머금고 조반니와 캄파넬라를 바라보고 있었습니다. 기차는 점점 빨리 달리고 창밖으로 억새와 강물이 빛났습니다.

붉은 수염 남자가 머뭇거리며 두 사람에게 물었습니다.

"이디까지 가나요?"

"어디까지든지요."

조반니는 조금 쑥스러운 듯 대답했습니다.

"잘됐군요. 이 기차는 어디까지든 가니까요."

"아저씨는 어디까지 가세요?"

캄파넬라가 갑자기 싸울 듯이 물었기 때문에 조반니는 자신도 모르게 웃었습니다. 그러자 뾰족한 모자를 쓰고 허리에 열쇠를 늘어뜨린 건너편에 앉은 사람도 흘낏 이쪽을 보고 웃었기에 캄파넬라도 그만 얼굴을 붉히며 웃음을 터뜨렸습니다. 그러나 붉은 수염 남자는 별로 화내는 기색도 없이 뺨을 씰룩거리며 대답했습니다.

"나는 곧 내릴 거예요. 새를 잡아 파는 일을 하거든요."

"무슨 새요?"

"학과 기러기. 백로나 백조도 잡아요."

"학은 많이 있나요?"

"그럼요, 아까부터 울고 있었는데 못 들었나요?"

"네."

"지금도 들리잖아요. 자, 귀를 기울여봐요."

조반니와 캄파넬라는 고개를 들고 귀를 기울였습니다. 덜컹덜컹 기차 소리와 바람에 흔들리는 억새 소리 사이로 퐁퐁 물이 솟는 듯한 소리가 들렸습니다.

"학은 어떻게 잡나요?"

"학이요, 백로요?"

"백로요."

조반니는 어느 쪽이든 상관없다고 생각하면서 대답했습니다.

"백로 잡기는 쉬워요. 백로는 모두 은하수의 모래가 뭉쳐져 만들어지고 늘 강으로 돌아오니까요. 강가에서 기다리고 있으면 백로가 모두 다리를 이렇게 하고 내려올 때, 녀석들의 다리가 땅에 닿기 직전에 꽉 눌러버리죠. 그러면 백로는 딱딱하게 굳어서 안심하고 죽거든요. 다음은 말하지 않아도 알겠죠? 잎사귀처럼 눌러 만들면 돼요."

"백로를 잎사귀처럼 눌러 만든다고요? 표본을 만드는 건가요?"

"표본이 아니죠. 모두 먹잖아요?"

"이상하네요."

캄파넬라가 고개를 갸웃거렸습니다.

"이상할 것도 수상할 것도 없어요. 보여줄까요?"

그 남자는 자리에서 일어나 선반에서 보따리를 꺼내 재빨리 풀었습니다.

"자, 지금 막 잡은 거예요."

"진짜 백로네!"

조반니와 캄파넬라는 자신도 모르게 소리쳤습니다. 조금 전에 지나온 북십자성처럼 하얗게 빛나는 백로 열 마리 정도가 검은 다리를 오그리고 부조처럼 납작하게 늘어서 있었습니다.

"눈을 감고 있어."

캄파넬라는 손가락으로 초승달 같은 백로의 하얀 눈을 만졌습니다. 머리 위에는 창 모양의 하얀 털도 달려 있었습니다.

"어때요, 내 말이 맞죠?"

새잡이는 보자기를 다시 둘둘 말아서 끈으로 묶었습니다. 조반니는 '요즘 누가 백로 따위를 먹겠어'라고 생각하며 물었습니다.

"백로는 맛있나요?"

"그럼요, 매일 주문이 들어와요. 그래도 기러기가 더 잘 팔리죠. 기러기가 훨씬 크고 무엇보다 손질할 필요가 없으니까요. 한번 보세요."

새잡이는 또 다른 보따리를 풀었습니다. 그러자 황색과 푸르스름한 반점이 불빛처럼 빛나는 기러기가 마치 조금 전에 본 백로처럼 부리를 나란히 하고 조금 납작해진 채 늘어서 있었습니다.

"이건 바로 먹을 수 있어요. 어때요, 먹어보겠어요?"

새잡이는 기러기의 노란 발을 살짝 잡아당겼습니다. 그러자 초콜릿처럼 한 번에 툭 떨어졌습니다.

"조금 먹어봐요."

새잡이는 기러기 발을 두 개로 나눠 건넸습니다. 조반니는 조금 먹어보더니 '어, 이건 정말 과자잖아. 초콜릿보다도 더 맛있어. 정말 날아다니던 기러기일까? 이 남자는 이 근처 어딘가에서 과자 가게를 하는 사람일 거야. 그런데 나는 이 사람을 얕보면서도 이 사람이 주는 과자를 먹고 있어. 창피한 일이야'라고 생각하면서도 기러기 발을 우적우적 씹어 먹었습니다.

"조금 더 먹어요."

새잡이는 다시 보따리를 꺼냈습니다. 조반니는 조금 더 먹고 싶었지만 "아니에요, 고마워요"라고 말하며 거절했습니다. 새잡이가 이번에는 열쇠를 차고 있는 건너편 자리의 남자에게 건넸습니다.

"아닙니다. 파는 물건을 얻어먹을 수 있나요."

그 사람은 모자를 벗으며 말했습니다.

"천만에요. 어떻습니까? 올해는 철새가 많이 왔나요?

"아주 멋집니다. 그저께 새벽 2시쯤에는 등댓불을 정해진 시간도 아닌데 끄냐고 여기저기서 항의하는 전화가 왔는데, 글쎄, 이쪽에서 잘못한 것이 아니라 철새들이 까맣게 무리를 지어 등대 앞을 지나갔으니 어쩔 수 없잖아요. 저는 '이 바보야, 그런 불평은 나한테 해도 소용이 없어. 펄럭거리는 망토를 입고 다리와 입술이 말도 못하게 가느다란 대장한테나 전화해'라고 말해줬어요, 하하."

억새밭이 물러나고 맞은편 들판에서 순식간에 밝은 빛이 비쳐 들었습니다.

"백로는 왜 손질하기 힘드나요?"

캄파넬라는 아까부터 묻고 싶었습니다.

"백로를 먹기 위해서는……."

새잡이는 이쪽을 돌아보았습니다.

"은하수 물빛을 열흘쯤 쬐거나 사나흘 모래 속에 묻어두어야 하기 때문이죠. 그러면 수은이 모두 증발해서 먹을 수 있어요."

"이건 새가 아니에요. 그냥 과자잖아요."

같은 생각을 한 캄파넬라가 과감하게 물었습니다. 새잡이는 몹시 당황한 듯 "이런, 여기서 내려야 해요" 하고 말하며 일어나 짐을 꺼내 들었다고 생각한 순간 사라져버렸습니다.

"어디로 갔지?"

조반니와 캄파넬라가 얼굴을 마주 보자 등대지기가 히죽히죽 웃으며 두 사람 옆에 있는 창밖을 내다보았습니다. 두 사람도 그쪽을 보니 방금 전의 새잡이가 노랑과 파랑의 아름다운 인광을 내며 주위에 가득 피어난 산떡쑥 위에 서서 진지한 표정으로 두 팔을 활짝 벌리고 가만히 이쪽을 보고 있었습니다.

"저쪽까지 갔어. 엄청 신기한데. 분명 새를 잡으려는 걸 거야. 기차가 출발하기 전에 새가 내려앉아야 할 텐데."

그 순간 텅 빈 보랏빛 하늘에서 조금 전에 보았던 것과 같은 백로가 마치 컥컥 울면서 눈이 내리듯 하늘 가득 내려왔습니다. 그러자 그 새잡이는 예상했다는 듯 싱글벙글하며 두 발을 60도로 떡 벌리고 서서 움츠리고 내려앉는 백로의 검은 다리를 양손으로 잡아 닥치는 대로 자루에 넣었습니다. 그러자 백로는 자루 안에서 반딧불처럼 잠시 푸르게 반짝반짝 빛나다가 결국 모두 희끄무레해지더니 눈을 감았습니다. 그러나 잡힌 새보다는 잡히지 않고 무사히 은하수의 모래 위에 내려앉은 새가 더 많았습니다. 그 광경을 보고 있자니 모래 위에 내려앉은 새는 다리가 모래 위에 닿자마자 마치 눈 녹듯 오그라들어 용광로의 구리물처럼 모래와 자갈 위에 퍼졌고 새의 형태는 모래 위에 남아 있었지만 두세 번 깜박깜박 빛나기도 하고 어두워지기도 하는 사이에 주위의 모래나 자갈과 완전히 같은 색이 되어버렸습니다.

새잡이는 스무 마리 정도를 자루에 넣고 나서 갑자기 총에 맞아 죽는 병사처럼 두 손을 들고 죽는 시늉을 하는가 싶더니 이미 새잡이의 모습은 사라지고 없었습니다. 그런데 갑자기 낯익은 목소리가 조반니 옆에서 들렸습니다.

"아, 개운하다. 자신에게 맞는 수입을 올리는 것만큼 좋은 일은 없어요."

돌아보니 새잡이는 잡아온 백로를 벌써 가지런히 정리하여 다시 한 마리씩 포개고 있었습니다.

"어떻게 저기서 한 번에 여기로 왔나요?"

조반니는 왠지 당연한 듯하면서도 당연하지 않은 듯 이상한 기분으로 물었습니다.

"어떻게 왔냐고요, 오려고 했으니까 왔지요. 그럼 당신들은 대체 어디서 왔나요?"

조반니는 즉시 대답하려고 했지만 애초에 어디서 왔는지 좀처럼 생각나지 않았습니다. 캄파넬라도 얼굴이 붉어질 만큼 뭔가를 생각해내려고 애쓰고 있었습니다.

"아, 멀리서 왔나 보군요."

새잡이는 알았다는 듯이 별일 아닌 것처럼 고개를 끄덕였습니다.

9. 조반니의 차표

"이제 이 부근은 백조 구의 끝이에요. 저게 그 유명한 알비레오*
관측소예요."

창밖에 불꽃으로 가득한 은하수가 보이고 강 한가운데 검고 커
다란 건물이 네 채 정도 보였습니다. 그중 하나는 평평한 지붕 위
에 눈이 번쩍 뜨일 만한 사파이어와 토파즈의 커다랗고 투명한 구
슬 두 개가 원을 그리며 조용히 빙글빙글 돌아가고 있었습니다. 노
란빛의 토파즈가 맞은편으로 돌아가고 작고 푸른 사파이어가 이
쪽으로 다가왔습니다. 이윽고 두 끝이 겹쳐지더니 아름다운 초록
색 볼록렌즈 모양이 되었습니다. 초록색은 가운데가 점점 부풀어
올라 마침내 사파이어가 토파즈의 정면에 이르자 한가운데는 초

---

* 백조자리에서 세 번째로 밝은 별이다.

록색이, 주변은 밝은 노란색 원이 만들어졌습니다. 이어서 두 구슬이 점차 비껴가며 초록색 렌즈 모양을 반대로 뒤집고 마침내 완전히 떨어져 사파이어는 맞은편으로 돌아가고 토파즈가 이쪽으로 다가와 다시 조금 전과 같은 모양이 되었습니다. 어두운 관측소는 형태도 소리도 없는 은하의 물에 둘러싸여 잠자는 것처럼 조용히 가로놓여 있었습니다.

"저건 물의 속도를 재는 기계죠. 물도⋯⋯."

새잡이가 말하기 시작했을 때였습니다.

"차표를 보여주세요."

어느새 키 크고 붉은 모자를 쓴 승무원이 세 사람 옆에 떡하니 서 있었습니다. 새잡이는 말없이 호주머니에서 작은 종잇조각을 꺼냈습니다. 승무원은 잠시 보더니 바로 눈길을 돌리고 '너희들은?' 하고 말하는 것처럼 손가락을 움직이며 조반니와 캄파넬라 쪽으로 손을 내밀었습니다.

"저기⋯⋯."

조반니가 당황하여 우물쭈물하고 있는데 캄파넬라는 자연스레 작은 회색 차표를 내밀었습니다. 조반니가 더욱 당황하여 혹시 윗옷 주머니에 차표가 들어 있을까 하고 손을 넣어 보니 큼직한 종잇조각이 잡혔습니다. '언제 이런 게 들어 있었지?' 하고 생각하며 서둘러 꺼내봤더니 그것은 네 번 접은 엽서 크기만 한 초록색 종이였습니다. 승무원이 손을 내밀고 있으니 뭐든 보여주자 싶어서 종이를 내밀었습니다. 승무원은 조심스럽게 종이를 펼쳐보았습니다. 그런데 승무원이 종이를 읽으며 웃옷 단추를 만지작거렸고 등대지기는 아래에서 종이를 열심히 올려다보고 있었기 때문에, 조반니는 그 종이가 증명서 같은 것이라는 생각이 들어 가슴이 조금 뜨거워졌습니다.

"3차원 공간에서 가지고 왔나요?"

승무원이 물었습니다.

"잘 모르겠어요."

이제 됐다고 안심한 조반니는 승무원을 살짝 올려다보며 킥킥 웃었습니다.

"좋습니다. 남십자성에는 3시쯤에 도착할 겁니다."

승무원은 종이를 조반니에게 돌려주고 건너편으로 갔습니다.

캄파넬라는 종이에 뭐가 쓰여 있는지 몹시 궁금했던지 서둘러 그 종이를 들여다보았습니다. 조반니도 빨리 보고 싶었습니다. 종이에는 검은 덩굴무늬 속에 이상한 글씨가 열 자 정도 쓰여 있었는데 가만히 들여다보고 있으니 왠지 그 속으로 빨려 들어갈 것 같았습니다. 그러자 새잡이가 옆에서 힐끗 종이를 보고는 당황한 듯 말했습니다.

"아, 이건 대단한 거예요. 정말 천상까지 갈 수 있는 차표죠. 천상뿐만 아니라 어디라도 마음대로 갈 수 있는 통행권이에요. 이것만 있으면 이런 불완전한 환상 4차원의 은하철도를 타고 어디든지 갈 수 있어요. 당신들 정말 대단하군요."

"뭐가 뭔지 모르겠어요."

조반니는 얼굴을 붉히고 대답하면서 그 종이를 다시 접어 호주머니에 넣었습니다. 그리고 쑥스러워서 캄파넬라와 창밖을 바라보고 있는데 그 새잡이가 대단하다는 듯 힐끔힐끔 이쪽을 보는 것을 느꼈습니다.

"이제 곧 독수리 정거장이야."

캄파넬라가 건너편 강기슭의 작고 푸르스름한 삼각표 세 개와 지도를 비교해보며 말했습니다.

갑자기 조반니는 왠지 이유도 없이 옆자리의 새잡이가 견딜 수 없이 안쓰러웠습니다. 백로를 잡아서 개운하다고 기뻐하거나 하얀 천으로 백로를 둘둘 말아 싸거나, 다른 사람의 차표를 놀란 듯이 곁눈질하다가 당황해 칭찬하던 모습을 생각하니 전혀 모르는 새잡이를 위해서 조반니는 자기가 가진 것이든 먹을 것이든 뭐든 주고 싶었습니다. 새잡이가 진정으로 행복해진다면 자신이 저 빛나는 은하수 강가에서 백 년 동안 새를 잡아줄 수도 있다는 생각이 들자 더는 가만히 있을 수 없었습니다. 아저씨가 정말로 원하는 것이 무엇인지 묻고 싶었지만 너무 갑작스러운 것 같아 어떻게 할까 생각하며 돌아보았지만 이미 새잡이는 없었습니다. 선반 위에는 새잡이의 하얀 짐도 보이지 않았습니다. 또 창밖에서 다리를 벌리고 서서 하늘을 올려다보며 백로를 잡으려나 싶어서 급히 창밖을 보았지만 창밖에는 아름다운 모래와 물결치는 하얀 억새뿐, 새잡이의 널찍한 등판도 뾰족한 모자도 보이지 않았습니다.

"그 사람은 어디로 갔을까?"

캄파넬라도 멍한 목소리로 말했습니다.

"어디로 갔지? 어디에서 또 만날 수 있을까? 난 아무래도 그 사람에게 할 말을 못한 것 같아."

"아, 나도 그렇게 생각해."

"난 그 아저씨를 방해꾼처럼 생각했어. 그래서 더 괴로워."

조반니는 이런 이상한 기분은 난생처음이었고 이런 말을 지금까지 해본 적도 없었습니다.

"어디선가 사과 냄새가 나는 것 같은데. 내가 지금 사과를 생각해서 그런가."

캄파넬라가 신기한 듯 주위를 둘러보았습니다.

"정말로 사과 냄새야. 그리고 찔레꽃 향기노 나는데."

조반니가 주위를 둘러보았지만 냄새는 역시 창밖에서 들어오는 것 같았습니다. 조반니는 지금은 가을이니까 찔레꽃 향기가 날 리가 없다고 생각했습니다.

그때 갑자기 반짝반짝 윤기 나는 검은 머리의 여섯 살쯤 된 사내아이가 빨간 재킷의 단추도 잠그지 않은 채 몹시 놀란 듯한 표정으로 덜덜 떨며 맨발로 서 있었습니다. 옆에 검은 양복을 입은 키 큰 청년이 바람에 맞서는 느티나무처럼 사내아이의 손을 꼭 잡고 있었습니다.

"와, 여기가 어디지? 정말 예쁘다."

청년 뒤에는 열두 살쯤 되어 보이는 갈색 눈동자에 검은 외투를 입은 귀여운 여자아이가 청년의 팔에 매달려 신기한 듯 창밖을 보고 있었습니다.

"응, 여기는 랭커셔야. 아니, 코네티컷주야. 아니, 여기는 하늘이야. 우리는 하늘로 가는 거야. 봐, 저 표시는 천상의 표시야. 이제 아무것도 무서울 게 없어. 하느님이 우릴 부른 거야."

검은 옷을 입은 청년은 기쁨 가득한 얼굴로 그 여자아이에게 말했습니다. 하지만 무슨 이유인지 이마에 깊은 주름을 만들었고 몹시 피곤한 듯 억지로 웃으며 사내아이를 조반니 옆자리에 앉혔습니다.

그리고 여자아이에게는 상냥하게 캄파넬라의 옆자리를 가리켰습니다. 여자아이는 순순히 그 자리에 앉아 두 손을 모았습니다.

"나, 큰누나한테 가는 거야."

자리에 앉자마자 사내아이는 이상한 표정을 지으며 등대지기의 맞은편에 앉은 청년에게 말했습니다. 청년은 아무 말 없이 슬픈 얼굴을 하고 가만히 그 아이의 젖은 곱슬머리를 보았습니다. 갑자기 여자아이는 두 손으로 얼굴을 감싸고는 훌쩍훌쩍 울었습니다.

"아빠랑 기쿠요 누나는 아직 할 일이 많아. 그렇지만 곧 뒤따라 올 거야. 그보다 엄마가 얼마나 오랫동안 기다렸겠니. 사랑하는 막내아들 다다시가 지금 어떤 노래를 부르고 있을까, 눈 내리는 아침에 동무들과 손을 잡고 마당 덤불 주위를 빙빙 돌며 놀고 있지 않을까 걱정하며 기다리고 계실 거야. 그러니 빨리 가서 엄마를 만나자."

"응. 그렇지만 난 배는 타지 말 걸 그랬어."

"하지만 저기를 봐, 어때? 저 멋진 강은 우리가 여름에 〈반짝반짝 작은 별〉을 노래하며 쉴 때 늘 창문 밖으로 희미하게 보이던 거야. 저기 말이야. 어때, 예쁘지? 저렇게 빛나고 있잖아."

울고 있던 누나도 손수건으로 눈물을 닦고 밖을 내다보았습니다. 청년은 타이르듯 오누이에게 다시 말했습니다.

"우리에게 더는 슬픈 일은 없어. 우리는 이렇게 멋진 곳을 여행해서 곧 하느님이 있는 곳으로 갈 거야. 그곳은 밝고 향기롭고 훌륭한 사람들이 가득할 거야. 그리고 우리 대신에 보트에 탔던 사람들은 분명히 모두 구조되어 걱정하며 기다리는 각자의 아빠와 엄마가 있는 집으로 돌아갈 거야. 자, 이제 곧 도착하니까 우리도 힘내서 즐겁게 노래하자."

사내아이의 젖은 검은 머리를 쓰다듬으며 오누이를 위로하는 청년의 얼굴도 점점 밝아졌습니다.

"당신들은 어디서 오셨나요? 어떻게 된 일인가요?"

등대지기가 사정을 조금 알겠다는 듯이 청년에게 물었습니다. 청년은 희미하게 웃었습니다.

"빙산에 부딪혀 배가 침몰했어요. 이 아이들의 아버지가 급한 일이 있어서 두 달 먼저 본국으로 돌아가고 우리는 나중에 출발했어요. 저는 대학생이고 이 아이들의 가정교사였습니다. 그런데 배가 출발한 지 정확히 12일째, 오늘이나 어제쯤일 거예요. 배가 빙산에 부딪혀 순식간에 기울어지더니 침몰하기 시작했어요. 달빛이 희미하게 비치고 있었지만 안개가 매우 짙었어요. 그런데 구명

보트의 왼쪽 절반은 쓸 수 없을 지경이어서 사람들이 다 탈 수 없었어요. 그러는 동안에 배는 가라앉고 있었고, 저는 제발 아이들을 태워달라고 필사적으로 외쳤습니다. 주위 사람들이 즉시 길을 내주었고 아이들을 위해 기도해주었어요. 하지만 거기서부터 보트까지 가는 길에 더 어린 아이들과 부모들이 있어서 도저히 그 사람들을 밀어내고 나갈 용기가 나지 않았어요. 그래도 저는 이 아이들을 살리는 것이 제 의무라고 생각하고 앞에 있는 아이들을 밀어내려고 했어요. 한편으로는 그렇게 아이들의 목숨을 살리기보다는 이대로 하느님 앞에 가는 편이 진정한 행복이라고 생각했어요. 그러다가 다시 하느님에게 등을 돌린 죄는 나 혼자 짊어지고 이 아이들을 꼭 살리고자 했어요. 하지만 도저히 그럴 수가 없었어요. 아이들만 보트에 태운 뒤에 엄마가 미친 듯이 손으로 키스를 보내고 아빠가 슬픔을 꾹 눌러 참으며 서 있는 모습을 보고 있자니 가슴이 찢어질 듯 슬펐습니다. 그러는 사이에 배는 점점 더 가라앉았고, 저는 각오하고 이 두 아이를 꽉 끌어안은 채 최대한 버텨보려고 마음먹고 배가 가라앉기를 기다렸습니다. 누가 던졌는지 구명대 하나가 날아왔지만 미끄러져 떠내려가 버렸어요. 저는 갑판의 격자를 뜯어 아이들과 함께 거기에 매달렸습니다. 어디선가 찬송가 ○○장을 부르기 시작했어요. 그러자 사람들은 각자 자기 나라 말로 노래를 따라 불렀습니다. 그때 갑자기 커다란 소리가 들리고 우리는 물에 빠졌어요. 소용돌이 속으로 빨려 들어갔다고 생각하며 이 아이들을 꼭 끌어안고 있었어요. 그리고 눈앞이 흐릿해진 순간 여기에 와 있더군요. 이 아이들의 엄마는 재작년에 돌아가셨습니다. 그러니까 보트는 분명 구조되었을 거예요. 아주 숙련된 선원들이 노를 저어 재빨리 배에서 멀어졌으니까요."

주위에서 기도 소리가 들리고 조반니도 캄파넬라도 지금까지 잊고 있던 여러 일이 떠올라 눈시울을 붉혔습니다.

'아, 그 넓은 바다는 태평양이 아니었을까? 빙산이 떠다니는 북극의 바다에서 누군가 작은 배를 타고 바람과 얼어붙은 바닷물과 혹독한 추위와 싸우고 있어. 나는 그 사람이 정말 가엾고 미안한 생각이 들어. 나는 그 사람의 행복을 위해 대체 무엇을 하면 좋을까?'

조반니는 고개를 숙인 채 몹시 우울해졌습니다.

"행복이 무엇인지 잘 모르겠어요. 하지만 아무리 괴로운 일이라도 그것이 옳은 길을 가다가 생긴 일이라면 오르막길도 내리막길도 행복으로 다가가는 걸음이겠죠."

등대지기가 위로했습니다.

"아, 그렇습니다. 최고의 행복에 도달하기 위해 겪는 여러 가지 슬픔도 모두 신의 뜻이죠."

청년이 기도하듯 그렇게 대답했습니다.

오누이는 피곤한지 각자 좌석에 기대어 깊이 잠들어 있었습니다. 조금 전 맨발이던 발에는 하얗고 부드러운 구두가 신겨져 있었습니다.

덜컹덜컹 기차는 눈부시게 아름다운 인광이 반짝이는 강변을 따라 달렸습니다. 앞쪽 창문으로 보이는 들판은 마치 슬라이드 같

있습니다. 백 개 천 개의 크고 작은 삼각표가 가득했고, 커다란 삼각표 위에 빨간 원이 찍힌 측량 깃발도 보였습니다. 들판의 끝은 수많은 삼각표가 모여 어슴푸레한 안개처럼 보였고, 그곳에서부터인지 그 너머에서인지 때때로 여러 모양의 흐릿한 봉화 연기 같은 것이 아름다운 보랏빛 하늘로 피어올랐습니다. 맑고 깨끗한 바람은 장미 향기로 가득했습니다.

"어떻습니까? 이런 사과는 처음이죠?"

앞자리의 등대지기가 어느 틈에 황금색과 붉은색이 아름다운 커다란 사과를 떨어뜨리지 않도록 무릎에 놓고 두 손으로 감싸고 있었습니다.

"어디서 난 건가요? 멋지네요. 이 근처에서는 이런 사과가 열리나요?"

청년은 정말로 놀란 듯 고개를 갸웃거리기도 하고 미소를 짓기도 하며 등대지기가 두 손으로 감싸고 있는 한 무더기의 사과를 넋을 잃고 바라보았습니다.

"자, 하나 집으세요."

청년은 사과를 하나 집더니 언뜻 조반니와 캄파넬라를 보았습니다.

"자, 그쪽 도련님들도 하나 집어요."

조반니는 도련님이라는 말에 조금 화가 났지만 캄파넬라는 "감사합니다"라고 말했습니다.

그러자 청년이 하나씩 집어서 두 사람에게 건네주어 조반니도 일어나 "감사합니다" 하고 인사했습니다.

등대지기는 이제 두 손이 자유로워지자 잠든 오누이의 무릎에 사과 하나씩을 살짝 놓아주었습니다.

"감사합니다. 어디서 재배되나요? 이런 훌륭한 사과는."

청년은 주의 깊게 살펴보며 말했습니다.

"이 근처에서도 물론 농사를 짓기는 하지만 대개 좋은 열매는 저절로 자라나지요. 농사일도 그렇게 힘들지 않습니다. 대개는 자신이 원하는 씨만 뿌리면 저절로 자라지요. 쌀도 태평양 연안에서 생산되는 것처럼 껍질도 없고 크기도 열 배나 크고 향도 좋아요. 하지만 당신들이 가는 곳은 농사를 짓지 않아요. 사과든 과자든 찌꺼기가 조금도 남지 않아서 한 사람 한 사람마다 좋은 향기가 되어 땀구멍으로 빠져나가죠."

갑자기 사내아이가 눈을 반짝 뜨고 말했습니다.

"나 방금 엄마 꿈꿨어. 엄마가 멋진 책장과 책이 있는 곳에 있었는데, 나를 보고 손을 내밀더니 싱글벙글 웃었어. 내가 엄마한테 '사과 가져다 드릴까요?' 하고 말하는 순간 잠에서 깼어. 아, 여기는 아까 기차 안이네."

"그 사과 여기 있어. 이 아저씨가 주셨어."

청년이 말했습니다.

"고맙습니다. 아저씨. 어, 누나는 아직 자고 있네. 내가 깨워야지. 누나, 이것 봐, 사과야 사과. 일어나."

누나는 웃으며 잠에서 깨어나 눈부신 듯 두 손으로 눈을 가린 채 사과를 보았습니다. 사내아이는 벌써 파이를 먹는 것처럼 사과를 먹고 있었습니다. 아름다운 껍질은 코르크 따개처럼 빙글빙글 돌다가 바닥에 떨어지기 전에 회색빛으로 반짝이며 사라졌습니다.

조반니와 캄파넬라는 사과를 조심스럽게 호주머니 속에 넣었습니다.

강 하류의 맞은편 기슭에 푸르게 우거진 커다란 숲이 보였는데 나뭇가지에는 새빨갛게 익은 둥근 열매가 가득 열려 있고, 숲 한가운데에는 삼각표가 높이 솟아 있었습니다. 숲속에서는 오케스트라 벨과 실로폰이 어우러져 표현하기 어렵지만 아름다운 음색이 녹아들 듯 스며들 듯 바람을 타고 실려 왔습니다.

청년은 몸이 오싹해졌는지 몸을 떨었습니다.

말없이 그 소리를 듣고 있으니 주위의 노란빛과 연둣빛의 환한 들판 혹은 깔개 같은 것이 펼쳐지고 새하얀 밀랍 같은 이슬이 태양의 표면을 스치듯 지나가는 것처럼 느껴졌습니다.

"어머, 저 까마귀 좀 봐."

캄파넬라 옆자리의 가오루라는 여자아이가 소리쳤습니다.

"까마귀가 아니야. 전부 까치야."

캄파넬라가 다시 꾸짖듯 소리쳤기 때문에 조반니는 자신도 모르게 웃었고 여자아이는 쑥스러운 표정을 지었습니다. 강가의 푸르스름한 등불 위에 수많은 검은 새가 줄지어 앉아 희미한 강가의 빛을 받고 있었습니다.

"까치네요. 머리 뒤에 검은 털이 난 걸 보니."

청년이 분위기를 바꾸려는 듯 말했습니다.

맞은편 푸른 숲속의 삼각표가 어느새 정면으로 보였습니다. 그때 기차의 뒤쪽에서 귀에 익은 ○○번 찬송가 선율이 들려왔습니다. 꽤 많은 사람이 합창하고 있는 듯했습니다. 청년은 갑자기 안색이 창백해지더니 일어서서 그쪽으로 가려고 하다가 생각을 바꿔 다시 자리에 앉았습니다. 가오루는 손수건으로 얼굴을 가렸습니다. 조반니도 코끝이 찡했습니다. 언제부터인지 누가 먼저라고 할 것 없이 그 노래를 따라 불러 노랫소리는 점점 커졌습니다. 조반니와 캄파넬라도 함께 노래를 따라 불렀습니다.

푸른 감람나무 숲이 은하수 너머로 반짝반짝 빛나며 점점 뒤쪽으로 멀어지고 숲에서 흘러나오던 신비한 악기 소리도 기차 소리와 바람 소리에 묻혀 점점 희미해졌습니다.

"와, 공작새다."

"응. 많이 있어."

여자아이가 대답했습니다.

조반니는 점점 작아져 지금은 조개 모양의 초록빛 단추처럼 보이는 숲 위에 때때로 공작이 날갯짓을 할 때 반사되는 푸르스름한 빛을 보았습니다.

"맞아. 아까 공작 울음소리도 들렸어."

캄파넬라가 가오루에게 말했습니다.

"응, 분명 서른 마리쯤 있었어. 하프 소리 같은 건 모두 공작새 소리야."

여자아이는 대답했습니다.

조반니는 갑자기 말할 수 없는 슬픈 기분에 자신도 모르게 무서운 얼굴로 "캄파넬라 여기서 내려서 놀다 가자"라고 말하려고 했을 정도였습니다.

강줄기가 둘로 갈라졌습니다. 어두운 섬의 한가운데 높다란 망루가 하나 서 있었는데 그 위에 헐렁한 옷을 입고 붉은 모자를 쓴 남자가 서 있었습니다. 그 남자는 두 손에 붉은 깃발과 푸른 깃발을 들고 하늘을 올려다보며 신호를 보내고 있었습니다. 조반니가 보는 동안 그 남자는 끊임없이 붉은 깃발을 흔들다가 갑자기 붉은 깃발을 숨기듯 등 뒤로 내리고 푸른 깃발을 높이 들어 오케스트라의 지휘자처럼 힘차게 흔들었습니다. 그러자 하늘에서 쏴 하고 비 내리는 듯한 소리가 들리더니 까만 덩어리들이 총알처럼 강 건너편으로 날아갔습니다. 조반니는 무심결에 창밖으로 몸을 반쯤 내밀고 그쪽을 올려다보았습니다. 매우 아름다운 보랏빛 넓은 하늘 아래 수만 마리의 작은 새떼들이 지저귀며 지나갔습니다.

"새가 날아가고 있어."

조반니가 창밖을 바라보며 말했습니다.

"어디?"

캄파넬라도 하늘을 올려다보았습니다. 그때 헐렁한 옷을 입고 망루 위에 서 있던 남자가 갑자기 붉은 깃발을 올리며 미친 듯이 흔들었습니다. 그러자 새떼가 움직임을 멈췄고 동시에 강 아래쪽에서 무언가가 우지끈 부서지는 소리가 들리더니 한참 지나자 조용해졌습니다. 그때 붉은 모자를 쓴 사람이 푸른 깃발을 흔들며 뭐라 소리쳤습니다.

"철새들아 지금 빨리 지나가, 철새들아 지금 빨리 지나가."

이런 소리가 분명히 들렸습니다. 또다시 세 떼 수만 마리가 하늘을 새까맣게 뒤덮었습니다. 조반니와 캄파넬라가 고개를 내밀고 있는 창으로 여자아이가 고개를 내밀어 아름다운 뺨을 빛내며 하늘을 올려다보았습니다.

"와, 새가 참 많네. 하늘이 참 곱기도 하지."

여자아이는 조반니에게 말을 걸었지만 조반니는 건방지다고 생각하며 아무 말 없이 하늘을 올려다보고 있었습니다. 여자아이는 조용히 한숨을 쉬고 아무 말 없이 자기 자리로 돌아갔습니다. 캄파넬라는 여자아이를 안쓰러워하며 창 안으로 고개를 집어넣고 지도를 보았습니다.

"저 사람은 새한테 무엇을 가르치는 걸까?"

여자아이가 조용히 캄파넬라에게 물었습니다.

"철새에게 신호를 보내는 거야. 분명 어디선가 봉화가 피어오르기 때문이겠지."

캄파넬라가 조금 자신 없다는 듯이 대답했습니다. 기차 안은 조용해졌습니다. 조반니도 자리에 앉고 싶었지만 밝은 곳에 얼굴을 드러내는 것이 싫어 아무 말 없이 휘파람을 불었습니다.

'나는 왜 이렇게 슬픈 걸까? 나는 더 넓고 착한 마음을 가져야해. 벼랑 저편에 마치 연기처럼 작은 푸른 불이 보여. 정말 조용하

고 차가운 느낌이야. 저걸 보며 마음을 가라앉혀야지.'

조반니는 열이 나서 아픈 머리를 두 손으로 누르고 벼랑 너머를 보았습니다.

'아, 언제까지나 나와 함께 갈 사람은 없는 걸까? 캄파넬라도 저 여자아이와 재미있게 이야기하고 있으니 난 정말 슬퍼.'

조반니의 눈에는 또 눈물이 가득 고여 은하수도 마치 멀리 있는 것처럼 흐릿하게 보였습니다.

그때 기차는 점점 강에서 멀어져 절벽 위를 달려갔습니다. 맞은 편 기슭의 검은 절벽도 하류로 갈수록 점점 높아졌습니다. 언뜻 키 큰 옥수수가 보였습니다. 둥글게 말린 잎 아래로 크고 아름다운 초록 꽃턱잎이 붉은 털을 내뿜고 있었고 진주 같은 알갱이도 살짝 보였습니다. 옥수수는 점점 많아지더니 절벽과 철로 사이에 줄지 어 늘어서 있었습니다. 자신도 모르게 조반니가 창 안으로 고개를 집어넣고 맞은편 창밖을 보니, 키 큰 옥수수는 아름다운 하늘 들판 의 지평선 끝까지 가득했고 살랑살랑 바람에 흔들리는 멋지게 말 린 잎사귀 끝에는 한낮의 햇빛을 머금은 다이아몬드처럼 붉은빛 과 초록빛으로 타오르듯 반짝반짝 빛나는 이슬이 가득 달려 있었 습니다.

"저건 옥수수인 것 같다."

캄파넬라가 조반니에게 말했지만 조반니는 좀처럼 기분이 나아 지지 않아 무뚝뚝하게 들판을 바라보며 "그러네" 하고 대답했습 니다. 그때 기차가 점점 조용해지더니 몇 개의 신호와 전철기의 불빛을 지나 작은 정거장에 멈췄습니다.

정면의 푸르스름한 시계는 정각 2시를 가리키고 바람도 멈추고 기차도 멈춘 조용한 들판에 째깍째깍 시계추는 시간을 새기고 있었습니다.

그리고 시계추 소리 사이로 멀고 먼 들판 끝에서 실처럼 가느다란 선율이 흘러나왔습니다.

"〈신세계 교향곡〉*이야."

여자아이는 이쪽을 보며 혼잣말처럼 조용히 말했습니다.

검은 양복을 입은 키 큰 청년도 다른 사람들도 모두 기차 안에서 기분 좋은 꿈을 꾸고 있었습니다.

'이렇게 고요하고 좋은 곳에서 나는 왜 더 유쾌해지지 못하는 걸까? 왜 이렇게 쓸쓸한 걸까? 캄파넬라는 너무해. 기차 안에 나와 함께 있으면서 저 여자아이하고만 이야기하다니. 나는 정말 괴로워.'

조반니는 두 손으로 얼굴을 반쯤 가리고 건너편 창밖을 조용히 바라보았습니다.

기차가 투명한 유리 피리 소리를 울리더니 조용히 움직이기 시작했습니다. 캄파넬라도 쓸쓸한 듯 별자리 노래를 휘파람으로 불었습니다.

"네. 네. 이 주위는 아주 높은 고원이니까요."

---

* 드보르자크가 작곡한 교향곡 제9번이다.

나이 지긋한 사람이 지금 막 잠에서 깬 것 같지 않은 듯 또랑또랑한 목소리로 말하는 게 뒤쪽에서 들렸습니다.

"옥수수도 막대기로 약 60센티미터 구멍을 뚫어서 씨를 뿌리지 않으면 자라지 않아요."

"그래요? 강까지는 거리가 먼가요?"

"강까지는 600미터에서 1800미터 정도 돼요. 험한 협곡을 이루고 있지요."

'그래, 여기는 콜로라도 고원이 아니었던가' 하고 조반니는 자신도 모르게 그렇게 생각했습니다. 캄파넬라는 다시 쓸쓸한 듯 홀로 휘파람을 불고 여자아이는 비단으로 싼 사과 같은 얼굴을 하고 조반니가 바라보는 쪽을 보고 있었습니다.

갑자기 옥수수가 사라지고 거대한 검은 들판이 펼쳐졌습니다. 〈신세계 교향곡〉 선율은 지평선 끝에서 점점 선명하게 들려오고 검은 들판에는 흰 깃털을 머리에 꽂고 수많은 돌멩이로 팔과 가슴을 장식한 인디언이 자그마한 활에 화살을 메겨 쏜살같이 기차를 쫓아왔습니다.

"아, 인디언이에요. 인디언. 보세요."

검은 양복의 청년도 눈을 떴습니다. 조반니도 캄파넬라도 일어섰습니다.

"달려온다. 달려와. 기차를 쫓아오는 거겠죠."

"아니에요. 기차를 쫓아오는 게 아니에요. 사냥을 하거나 춤을 추고 있는 거예요."

청년은 자신이 지금 어디에 있는지 잊어버렸다는 듯이 호주머니에 손을 넣고 일어서며 말했습니다.

그러고 보니 정말로 인디언은 춤을 추고 있는 것 같았습니다. 무엇보다 달리는 발의 움직임이 춤을 추는 것 같기도 하고 진짜로 달리는 것 같기도 했습니다. 갑자기 흰 깃털이 앞으로 쓰러질 듯하더니 인디언은 바로 멈춰 서서 재빨리 화살을 하늘을 향해 쏘았습니다. 하늘에서 학 한 마리가 퍼덕거리더니 다시 달리기 시작한 인디언의 활짝 벌린 두 손에 떨어졌습니다. 인디언은 달리기를 멈추고 기쁜 듯 웃었습니다. 학을 들고 이쪽을 보고 있는 인디언의 그림자도 점점 멀어져 작아지고 전봇대의 애자(碍子)*가 반짝반짝 연속해서 두 번 빛나더니 다시 옥수수 밭이 펼쳐졌습니다. 이쪽 창밖을 보니 기차는 몹시 높은 벼랑 위를 달리고 있었는데 벼랑 아래에는 드넓은 강물이 흐르고 있었습니다.

"네, 이제 내리막길이에요. 어쨌거나 단번에 저 수면까지 내려가야 하니 쉽지 않아요. 경사가 가파르기 때문에 저쪽에서 이쪽으로 올라오는 기차는 없어요. 봐요, 벌써 점점 빨라지고 있잖아요."

조금 전의 노인인 듯한 사람이 말했습니다.

기차는 내리막길로 치달았습니다. 절벽 끝을 지날 때는 그 아래 강물이 환히 보였습니다. 조반니는 차츰 마음이 밝아졌습니다. 기차가 작은 오두막 옆을 지나고, 그 앞에 아이가 홀로 서 있는 것을

---

* 전선을 지탱하고 전봇대로 전기가 흐르지 않도록 막는 기구다.

보았을 때는 자신도 모르게 "와아!" 하고 소리쳤습니다.

기차는 계속 달렸습니다. 객실 안의 사람들은 몸이 반쯤 뒤로 젖힌 자세로 좌석을 꽉 잡고 있었습니다. 조반니와 캄파넬라는 서로를 보고 웃었습니다. 은하수는 기차와 나란히 격렬하게 달려온 듯 때때로 반짝반짝 빛나며 흐르고 있었습니다. 연붉은빛을 띤 패랭이꽃이 여기저기 피어 있었습니다. 기차는 겨우 안정된 듯 천천히 달렸습니다.

강 건너 저쪽과 이쪽 기슭에 별 모양과 곡괭이 모양을 그린 깃발이 보였습니다.

"무슨 깃발일까?"

조반니는 간신히 입을 열었습니다.

"글쎄, 모르겠어. 지도에도 없고. 저기 쇠로 만든 배가 있어."

"응."

"다리를 만드는 게 아닐까?"

여자아이가 말했습니다.

"저건 공병(工兵)의 깃발이야. 다리 만드는 훈련을 하고 있는 거야. 그런데 병사들은 안 보이는데."

그때 맞은편 기슭 가까운 하류 쪽에서 보이지 않는 은하수 물이 반짝이며 기둥처럼 높이 솟구쳐 올랐다가 떨어지는 격렬한 소리가 들렸습니다.

"발파다, 발파다."

캄파넬라가 신이 나서 말했습니다.

기둥 같은 물줄기는 보이지 않고 연어와 송어가 하얀 배를 반짝이며 공중으로 솟아올랐다 둥근 원을 그리며 다시 물속으로 떨어졌습니다. 조반니는 뛰어오를 만큼 가벼운 기분으로 말했습니다.

"하늘의 공병 대대야. 송어가 저렇게 뛰어오르다니. 난 이렇게 유쾌한 여행은 처음이야. 정말 재미있다."

"저 송어를 가까이서 보면 크기가 이 정도 될 거야. 물고기가 많이 있나 봐. 이 강에는."

"작은 물고기도 있을까?"

여자아이가 끼어들었습니다.

"있겠지. 큰 것도 있으니까 작은 것도 있겠지. 하지만 거리가 멀어서 작은 물고기는 보이지 않는 거야."

조반니는 이제 기분이 좋아져 즐거운 듯 웃으며 여자아이의 물음에 대답했습니다.

"저건 분명 쌍둥이별의 궁전일 거야."

사내아이가 갑자기 창문 밖을 가리키며 소리쳤습니다.

오른쪽 낮은 언덕 위에 수정으로 만든 듯한 작은 궁전 두 채가 나란히 서 있었습니다.

"쌍둥이별의 궁전이 뭐야?"

"나, 전에 엄마한테 자주 들었어. 작은 수정 궁전이 두 채 늘어서 있다고 했으니 틀림없을 거야."

"말해봐. 쌍둥이별이 뭘 했는지."

"나도 잘 몰라. 쌍둥이별이 들판으로 놀러 나왔다가 까마귀와

싸웠다고 했어."

"그렇지 않아. 저기, 은하수 기슭에 말이지, 엄마가 말씀하셨어······."

"혜성이 슝슝 소리를 내면서 왔어."

"아니야, 다다시 그게 아니야. 그건 다른 이야기야."

"그럼, 지금 저기서 피리를 불고 있을까?"

"지금은 바다로 갔어."

"아니야. 바닷속에서 벌써 올라왔다고."

"그래, 그래. 나도 알아. 내가 이야기할게."

강 건너 기슭이 갑자기 붉어졌습니다. 버드나무도 주변도 모두 새까만 빛을 띠고 보이지 않는 은하수 물결도 때때로 반짝반짝 바늘처럼 붉게 빛났습니다. 맞은편 기슭 들판에 커다랗고 새빨간 불꽃이 타오르고 검은 연기가 높이 피어올라 차가워 보이는 보랏빛 하늘을 그을릴 듯했습니다. 루비보다 붉고 투명하며 리튬보다도 아름답고 황홀하게 그 불꽃은 타오르고 있었습니다.

"저건 무슨 불꽃일까? 뭘 태우면 저렇게 붉고 밝은 빛을 낼까?"

조반니가 말했습니다.

"전갈의 불이야."

캄파넬라가 지도와 비교해보며 대답했습니다.

"어머, 전갈의 불이라면 나도 알아."

"전갈의 불이 뭔데?"

조반니가 물었습니다.

"전갈이 불에 타 죽은 거야. 그 불이 지금까지 타고 있는 거라고 아빠한테 여러 번 들었어."

"전갈은 곤충이잖아."

"그래. 전갈은 곤충이야. 그렇지만 좋은 곤충이야."

"전갈은 좋은 곤충이 아니야. 나 박물관에서 알코올에 담긴 전갈을 봤어. 꼬리에 이런 갈고리가 있는데 거기에 찔리면 죽는다고 선생님이 말씀하셨어."

"그래. 하지만 좋은 곤충이야. 아빠가 그러셨어. 예전에 발도라 들판에 전갈 한 마리가 살았는데 작은 벌레 같은 걸 잡아먹고 살았대. 그러던 어느 날 족제비한테 들켜서 잡아먹힐 뻔했대. 전갈은 있는 힘을 다해 달아났지만 족제비한테 잡힐 위기에 처했어. 그때 갑자기 눈앞에 우물이 나타났고 그 속에 빠져버렸대. 아무리 애써도 우물에서 빠져나올 수 없게 된 전갈은 죽게 된 거야. 그때 전갈은 이렇게 기도했대.

'아, 저는 지금까지 얼마나 많은 생명을 앗았는지 모릅니다. 그런 제가 이번에 족제비에게 잡힐 뻔하자 죽을힘을 다해 도망쳤습니다. 그럼에도 결국 이렇게 되고 말았습니다. 아, 이제 모든 것이 끝입니다. 저는 왜 제 몸을 순순히 족제비에게 내주지 않았을까요? 그랬다면 족제비도 하루를 더 살 수 있었을 텐데. 하느님, 제 마음을 굽어 살펴주세요. 부디 다음번에는 이처럼 허무하게 목숨을 버리지 않고 모두의 행복을 위해 제 몸을 쓸 수 있게 해주세요.'

그러자 어느새 전갈은 자신의 몸이 빨갛게 타올라 어둠을 비추는 것을 봤대. 지금도 불타고 있다고 아빠가 말씀하셨어. 저 불꽃이 바로 그 불이야."

"맞아. 저것 봐. 저 곳의 삼각표는 전갈 모양으로 늘어서 있어."

조반니에게는 커다란 불 건너편의 세 개의 삼각표가 전갈의 앞다리처럼 늘어서 있는 것처럼 보였고 이쪽에 늘어서 있는 다섯 개의 삼각표가 전갈의 꼬리나 갈고리처럼 보였습니다. 새빨갛고 아름다운 전갈의 불꽃은 소리도 없이 밝게 타오르고 있었습니다.

불이 점차 뒤쪽으로 멀어지자 풀꽃 향기와 함께 사람들 귓가에는 말로 표현할 수 없는 떠들썩한 다양한 음악 소리와 휘파람 소리 그리고 사람들이 와글와글 떠드는 소리가 들렸습니다.

"켄타우루스, 이슬을 내려라!"

지금까지 자고 있던 옆자리의 사내아이가 갑자기 창밖을 보면서 소리쳤습니다.

아, 거기에는 가문비나무인지 잣나무인지 크리스마스트리처럼 생긴 푸른 나무가 서 있고, 반딧불 천 개를 모아놓은 것처럼 수많은 꼬마전구가 가지마다 달려 있었습니다.

"아, 오늘 밤 켄타우루스 축제지."

"응, 여기는 켄타우루스 마을이야."

캄파넬라가 바로 말했습니다.

(이 사이에 들어갈 원고지 한 장 분량이 없음)*

"공 던지기를 하면 난 절대 놓치지 않아."

사내아이가 아주 으스대며 말했습니다.

"이제 곧 남십자성이야. 내릴 준비를 해."

청년이 오누이에게 밀했습니다.

"나, 기차를 좀 더 타고 갈래."

사내아이가 말했습니다. 캄파넬라 옆에 앉은 여자아이는 일어
나더니 정신없이 내릴 준비를 시작했지만 역시 조반니 일행과 헤
어지고 싶지 않은 듯했습니다.

"여기서 내려야 해."

청년은 사내아이를 내려다보며 단호하게 말했습니다.

"싫어. 조금 더 기차를 타고 갈래."

조반니가 안쓰러워하며 한마디를 건넸습니다.

"우리랑 같이 타고 가자. 우리는 어디라도 갈 수 있는 차표를 갖
고 있어."

"하지만 우리는 여기서 내려야 해. 여기는 천상으로 가는 곳이
니까."

여자아이가 쓸쓸하게 말했습니다.

"천상에 가지 않아도 되잖아. 우리는 이곳을 천상보다도 훨씬
좋은 곳으로 만들어야 한다고 선생님이 말씀하셨어."

"엄마가 기다리고 계셔. 하느님도 그곳으로 오라고 말씀하셨어."

---

* 원문에도 원고지 한 장가량이 비어 있다.

71

"그런 하느님은 가짜 하느님이야."

"너희 하느님은 가짜 하느님이야."

"그렇지 않아."

"그럼 네가 말하는 하느님은 어떤 하느님이니?"

청년이 웃으며 말했습니다.

"사실 저도 잘은 몰라요. 하지만 진짜 한 분뿐인 하느님이에요."

"진짜 하느님은 물론 단 한 분뿐이지."

"아, 그러니까 단 한 분뿐인 진짜, 진짜 하느님이요."

"그래. 곧 그 진짜 하느님 앞에서 너희와 우리가 만나기를 기도할게."

청년은 공손히 두 손을 맞잡았습니다. 여자아이도 따라했습니다. 모두 헤어짐이 몹시 아쉬운 듯 안색도 조금 창백해 보였습니다. 조반니는 하마터면 소리내서 울 뻔 했습니다.

"자, 준비는 다 됐지? 곧 남십자성이야."

그때였습니다. 보이지 않는 은하수의 하류에 푸른빛과 오렌지빛과 온갖 빛깔로 가득한 십자가가 한 그루 나무처럼 강 한가운데 서서 반짝이고 십자가 위에는 둥근 원 모양의 푸르스름한 구름이 후광처럼 걸려 있었습니다. 기차 안이 술렁였습니다. 모두 북십자를 보았을 때처럼 똑바로 서서 기도하기 시작했습니다. 아이가 수박을 보고 달려들 때처럼 기뻐하는 소리와 뭐라 말할 수 없는 깊고 경건한 한숨 소리가 여기저기서 들렸습니다. 십자가가 창문 정면으로 다가오자 사과의 과육처럼 푸르스름한 고리 모양의 구름이 천천히 돌고 있는 것이 보였습니다.

"할룰레야 할룰레야."

경쾌하고 즐겁게 모두의 목소리가 울려 퍼졌습니다. 하늘 멀리에서 차가운 하늘 멀리에서 투명하고 상쾌한 나팔 소리가 들려왔습니다. 기차는 수많은 신호와 전등 불빛을 지나며 속력을 늦추더니 십자가 정면에서 완전히 멈췄습니다.

"자, 내리자."

청년은 사내아이의 손을 잡고 천천히 맞은편 출구로 걸어갔습니다.

"안녕."

여자아이가 돌아보며 조반니와 캄파넬라에게 말했습니다.

"안녕."

조반니는 울음을 참으며 화난 것처럼 퉁명스럽게 말했습니다. 여자아이는 몹시 괴로운 듯 눈을 크게 뜨고 다시 한번 이쪽을 돌아보더니 말없이 나가버렸습니다. 기차 안은 이제 반 이상이나 비어 버리고 갑자기 쓸쓸해진 빈자리에 바람이 불어왔습니다.

창밖을 보니 사람들이 십자가 앞의 은하수 둔치에 줄을 지어 무릎을 꿇고 있었습니다. 그리고 성스러운 하얀 옷을 입은 사람이 손을 내밀며 보이지 않는 은하수를 건너오는 것이 보였습니다. 하지만 그 순간 이미 유리 피리 소리가 울려 기차가 움직이기 시작했고, 강 하류에서 은빛 안개가 피어올라 더는 아무것도 보이지 않았습니다. 다만 수많은 호두나무의 잎이 반짝반짝 안개 속에서 빛나고 그 이파리들 사이로 황금빛 후광을 뿜어내는 전기 다람쥐의 귀여운 얼굴이 언뜻언뜻 보일 뿐이었습니다.

그때 안개가 쓱 걷혔습니다. 어딘가로 이어지는 길인 듯 작은 전등이 줄지어 늘어선 길이었습니다. 그 길은 철로를 따라 한참 이어졌습니다. 조반니와 캄파넬라가 그 앞을 지나가자 작은 연둣빛 불은 마치 인사라도 하듯 훅 꺼졌다가 다시 커졌습니다.

뒤돌아보니 조금 전의 십자가는 아주 작아져 그대로 목에 걸 수 있을 것 같았고, 여자아이와 청년은 하얀 둔치에 아직 무릎을 꿇고 있는지 아니면 어느 곳인지 알 수 없는 천상으로 갔는지 보이지 않았습니다.

조반니는 아아 하고 깊은 숨을 내쉬었습니다.

"캄파넬라, 또 우리 둘만 남았네. 어디까지든 함께 가자. 나는 이제 모든 사람의 행복을 위해서라면 그 전갈처럼 백 번 불탄다고 해도 상관없어."

"응. 나도 그래."

캄파넬라의 눈에는 맑은 눈물이 맺혔습니다.

"진정한 행복이란 무엇일까?"

조반니가 말했습니다.

"난 모르겠어."

캄파넬라가 조용히 말했습니다.

"우리 정신차리고 잘하자."

조반니가 가슴 가득 새로운 힘이 솟구치는 듯 후 하고 숨을 내쉬며 말했습니다.

"아, 저기는 석탄 자루야. 하늘의 구멍이지."

캄파넬라가 은하수 한 곳을 가리켰습니다. 조반니는 그쪽을 보고 움찔했습니다. 은하수 한 곳에 커다랗고 새까만 구멍이 뻥 뚫려 있었습니다. 그 바닥이 얼마나 깊은지 그 안에 뭐가 있는지 아무리 눈을 비비고 들여다봐도 눈만 아플 뿐 아무것도 보이지 않습니다. 조반니가 말했습니다.

"나는 이제 저렇게 커다란 어둠 속도 무섭지 않아. 반드시 모든 사람의 진정한 행복을 찾을 거야. 어디든 우리 함께 가자."

"그래, 꼭 그렇게 하자. 아, 저 들판은 정말로 아름답구나. 다들 모여 있네. 저기가 진짜 천상일 거야. 아아, 저기 저 사람은 우리 엄마야."

캄파넬라가 갑자기 창밖 멀리 보이는 아름다운 들판을 가리키며 소리쳤습니다.

조반니도 그쪽을 보았지만 희뿌옇게 흐려져 있을 뿐 캄파넬라가 말한 것들은 보이지 않았습니다. 뭐라 말할 수 없이 쓸쓸한 기분으로 멍하니 그쪽을 보고 있으니 맞은편 기슭에 붉은 가로대를 마치 양쪽에서 팔짱을 낀 것 같이 받치고 있는 전봇대 두 개가 보였습니다.

"캄파넬라, 우리 함께 가자."

조반니가 이렇게 말하며 돌아보자 지금까지 캄파넬라가 앉아 있던 자리에 캄파넬라는 보이지 않고 검은 벨벳만이 빛나고 있었습니다. 조반니는 총알처럼 일어났습니다. 그리고 아무한테도 들리지 않도록 창밖으로 몸을 내밀어 세차게 가슴을 치며 소리치고 그동안 참았던 울음을 터뜨렸습니다. 순식간에 주위가 어두컴컴해진 것 같았습니다.

조반니는 눈을 떴습니다. 처음에 갔던 언덕 풀숲에 지쳐 잠들어 있었던 것입니다. 가슴은 이상하게 뜨겁고 뺨에는 차가운 눈물이 흘렀습니다.

조반니는 용수철처럼 벌떡 일어났습니다. 마을은 조금 전과 마찬가지로 수많은 불빛으로 가득했지만 그 불빛은 어쩐지 전보다 더 뜨거워진 것 같았습니다. 지금 막 꿈속에서 걸었던 은하수는 전과 같이 희뿌옇게 빛나고, 새까만 남쪽 지평선 부근은 특히 부옇게 보였고, 그 오른쪽에는 전갈자리의 붉은 별이 아름답게 반짝이고 있어서 하늘 전체 모양은 조금 전과 다를 바가 없었습니다.

조반니는 쏜살같이 언덕을 뛰어 내려갔습니다. 아직 저녁을 먹지 않고 기다리고 있을 엄마가 가슴 가득 떠올랐기 때문입니다. 조반니는 어두운 소나무 숲을 지나고 희끄무레한 목장의 울타리를 돌아 조금 전의 어두컴컴한 외양간 앞으로 다시 왔습니다.

누군가 방금 돌아온 듯 조금 전에는 없던 나무통 두 개가 실린 수레가 있었습니다.

"안녕하세요."

조반니가 소리쳤습니다.

"네."

두꺼운 흰 바지를 입은 사람이 바로 나왔습니다.

"무슨 일이죠?"

"오늘 저희 집에 우유가 배달되지 않았어요."

"미안해요."

그 사람은 즉시 우유 한 병을 가지고 나와 조반니에게 건네며 말했습니다.

"정말 미안해요. 오늘 오후에 깜빡하고 송아지 울타리를 열어놓고 닫지를 않았더니 송아지가 어미 소한테 가서 우유를 반이나 먹어버려서……."

그 사람이 웃었습니다.

"그랬군요. 그럼 가볼게요."

"그래요. 정말 미안해요."

"아니에요."

조반니는 아직 따뜻한 우유병을 두 손으로 감싸듯 쥐고 목장 울타리를 나왔습니다.

나무가 늘어선 마을을 지나 큰길로 나와 한참을 걸어가자 네거리가 나왔습니다. 오른쪽 길 끝에 아까 캄파넬라와 친구들이 등불을 띄우러 가던 강에 놓인 커다란 다리 위 망루가 밤하늘에 희미하게 서 있었습니다.

그런데 네거리 모퉁이와 가게 앞에 여자들이 일고여덟 명 모여 다리 쪽을 보면서 뭔가 수군거리고 있었습니다. 다리 위에는 갖가지 불빛이 가득했습니다.

조반니는 왠지 가슴이 서늘해지는 느낌이었습니다. 그래서 근처에 있는 사람들에게 소리치듯 물었습니다.

"무슨 일이에요?"

"아이가 물에 빠졌어요."

한 사람이 대답하자 거기 있던 사람들이 일제히 조반니를 돌아보았습니다. 조반니는 정신없이 다리로 뛰어갔습니다. 다리 위에는 사람들이 가득 모여 있어 강이 보이지 않았습니다. 하얀 제복을 입은 순경도 있었습니다.

조반니는 다리 앞에서 날 듯이 넓은 강가로 내려갔습니다.

물가를 따라 많은 불빛이 바쁘게 올라가거나 내려가고 있었습니다. 맞은편 물가의 어두운 곳에도 불빛 일고여덟 개가 움직이고 있었습니다. 그 한가운데를 이미 하눌타리 등불도 없는 잿빛 강이 나직한 소리를 내며 흘러가고 있었습니다.

강가의 가장 하류에 모래톱처럼 튀어나온 곳에 사람들이 까맣게 모여 있었습니다. 조반니는 그쪽으로 뛰어갔습니다. 그곳에서 조금 전에 캄파넬라와 함께 있던 마루소를 만났습니다. 마루소가 조반니에게 다가왔습니다.

"조반니, 캄파넬라가 강에 뛰어들었어."

"왜? 언제?"

"자네리가 배 위에서 하눌타리 등불을 강에 띄워 보내려다가 배가 흔들려서 물에 빠졌어. 그러자 캄파넬라가 곧장 뛰어들었어. 그리고 자네리를 배 쪽으로 밀었어. 자네리는 등을 붙잡았어. 그런데 캄파넬라가 보이질 않아."

"모두 찾고 있는 거지?"

"응. 곧바로 사람들이 왔어. 캄파넬라의 아버지도 왔고. 하지만 찾지 못했어. 자네리는 집에 갔어."

조반니는 사람들이 모여 있는 곳으로 갔습니다. 거기에는 얼굴빛이 창백하고 턱이 뾰족한 캄파넬라의 아버지가 학생들과 마을 사람들에게 둘러싸인 채 검은 옷차림으로 똑바로 서서 오른손에 들고 있는 시계를 가만히 바라보고 있었습니다.

모여 있는 사람들도 가만히 강을 보고 있었습니다. 누구도 말하는 사람이 없었습니다. 조반니는 다리가 덜덜 떨렸습니다. 고기를 잡을 때 사용하는 수많은 아세틸렌 램프가 바쁘게 오가고 있었고 검은 강물은 잔물결을 일으키며 흘러가고 있었습니다.

하류에는 수면 가득 은하가 비쳐 마치 강은 물이 없는 하늘 그대로인 것처럼 보였습니다.

조반니는 캄파넬라가 이미 은하로 가버린 것 같았습니다.

하지만 사람들은 아직 캄파넬라가 강물 어딘가에서 나와 "나 오랫동안 헤엄쳤어"라고 말하거나, 사람들이 모르는 어느 모래섬에 닿아서 누군가 구해주러 오기를 기다리고 있을 거라고 생각하는 것 같았습니다. 그때 갑자기 캄파넬라의 아버지가 단호하게 말했습니다.

"이제 가망이 없어요. 물에 빠진 지 이미 45분이 지났으니까요."

조반니는 자신도 모르게 캄파넬라 아버지 앞으로 달려갔습니다. 그리고 "캄파넬라가 어디로 갔는지 알아요. 캄파넬라와 함께 다녔어요" 하고 말하려 했지만 목이 메어 아무 말도 하지 못했습니다. 그러자 캄파넬라의 아버지는 조반니가 인사하러 온 줄 알고 잠시 조반니를 바라보다가 "네가 조반니구나. 오늘 밤 정말 고마웠다"라고 친절하게 말했습니다.

조반니는 아무 말도 하지 못하고 그저 고개 숙여 인사만 했습니다.

"아버지는 돌아오셨니?"

캄파넬라의 아버지는 시계를 꼭 쥔 채 물었습니다.

"아니요."

조반니는 살짝 고개를 저었습니다.

"무슨 일이지. 나는 그저께 반가운 소식을 받았는데. 오늘쯤 도착할 것 같다고 하더구나. 배가 늦어지는 모양이다. 조반니, 내일 방과 후에 다른 친구들과 우리 집에 오렴."

이렇게 말하며 캄파넬라의 아버지는 은하가 가득 비치는 강 하류를 가만히 바라보았습니다.

조반니는 여러 가지 생각으로 가슴이 벅차서 아무 말도 하지 못한 채 캄파넬라의 아버지 곁을 떠났습니다. 빨리 엄마에게 우유를 가져다 드리고 아버지가 돌아온다는 소식을 알려야 한다는 생각에 강가를 달려 쏜살같이 마을로 내달렸습니다.

주문이 많은 요리점

젊은 신사 두 명이 영국 병사 차림에 번쩍이는 총을 메고 흰곰저럼 생긴 개 두 마리를 데리고 나뭇잎이 버스럭거리는 꽤 깊은 산속에서 이런 말을 나누며 걸어 내려왔습니다.

"새도 짐승도 한 마리 없으니 이쪽 산은 안 되겠어. 뭐든 상관없으니 빨리 사냥하고 싶어."

"사슴이라도 사냥할 수 있다면 좋을 텐데. 두세 발 탕탕 쏘면 빙글빙글 돌다 털썩 쓰러질 거야."

그곳은 상당히 깊은 산속이었습니다. 안내하러 온 전문 사냥꾼도 길을 헤매다 가버릴 만큼 깊은 산속이었습니다.

게다가 산이 너무 험해서 백곰 같은 개 두 마리가 한꺼번에 현기증을 일으켜 잠시 신음하더니 거품을 내뿜고 죽어버렸습니다.

"실은 나 2,400엔 손해 봤어."

신사 한 명이 개의 눈꺼풀을 뒤집어보며 말했습니다.

"난 2,800엔엔 손해야."

다른 한 명이 분하다는 듯 고개를 숙이고 말했습니다.

안색이 조금 나빠진 첫 번째 신사가 다른 신사의 안색을 가만히 살피며 말했습니다.

"난 이제 돌아갈 생각이야."

"나도 춥고 배도 고프니 돌아가야겠어."

"그럼 이걸로 끝내자고. 돌아가는 길에 어제 묵었던 여관에서 산새를 10엔어치 사서 돌아가면 될 거야."

"토끼도 있던걸. 그러면 결국 마찬가지네. 그럼 돌아갈까?"

하지만 어디로 가야 돌아갈 수 있는지 전혀 감이 잡히지 않았습니다.

바람이 세차게 불어와 풀은 와삭와삭 나뭇잎은 버석버석 나무는 딱딱 소리를 냈습니다.

"배가 몹시 고픈걸. 조금 전부터 옆구리가 아파서 못 견디겠어."

"나도 그래. 더는 못 걷겠어."

"정말 걷고 싶지 않아. 이거 큰일이네. 뭔가 먹고 싶어."

"먹고 싶어."

두 신사는 와삭와삭 소리가 나는 억새풀밭에서 이런 말을 했습니다.

그때 문득 뒤를 돌아보니 멋진 서양식 집 한 채가 보였습니다.

그리고 현관에는 이런 간판이 있었습니다.

"마침 잘됐네. 영업을 한다고 하니 들어가 보자고."

"아, 이런 곳에 요리점이 있다니 이상하군. 어쨌거나 뭔가 먹을 수는 있겠지."

"물론. 간판에 쓰여 있잖아."

"들어가자고. 배가 고파 쓰러질 지경이야."

두 사람은 현관 앞에 섰습니다. 하얀 도자기 벽돌로 만든 현관은 멋져 보였습니다.

그리고 유리문에는 금색 글씨로 이렇게 쓰여 있었습니다.

'누구나 들어오세요. 절대로 사양하지 마세요'

두 사람은 매우 기뻐하며 말했습니다.

"이것 봐. 세상은 역시 공평하다니까. 오늘 하루 고생했지만 이렇게 좋은 일이 생기는 걸 보면. 요릿집이지만 공짜로 먹을 수 있을 거야."

"그렇겠지. 절대로 사양하지 말라고 했으니까."

두 사람은 문을 밀고 안으로 들어갔습니다. 곧바로 복도가 연결되어 있고 유리문 뒤쪽에는 금색 글씨로 이렇게 쓰여 있었습니다.

'살찐 분이나 젊은 분 대환영입니다'

두 사람은 대환영이라는 말에 더 기뻤습니다.

"우리는 환영을 받을 거야."

"살도 찌고 젊으니까 말이야."

성큼성큼 복도를 걸어가자 이번에는 하늘빛 페인트를 칠한 문이 나왔습니다.

"아무래도 이상한 집이야. 왜 이렇게 문이 많지."

"러시아식이야. 추운 곳이나 산속은 모두 이런 구조지."

두 사람이 문을 여는데 위쪽에 금색 글씨로 이렇게 쓰여 있었습니다.

'이 집은 주문이 많은 요리점이니 이 점 양해를 부탁드립니다'

"산속인데도 상당히 잘되나 봐."

"도쿄의 큰 요릿집도 큰 길에는 별로 없잖아."

두 사람은 이야기를 하며 그 문을 열었습니다. 그러자 그 뒤쪽에 이렇게 쓰여 있었습니다.

'주문이 너무 많으니 기다려주시기 바랍니다'

"이건 대체 무슨 말일까?"

한 신사가 얼굴을 찡그렸습니다.

"주문이 너무 많아서 준비하는 데 시간이 걸리니 죄송하다는 뜻일 거야."

"그렇군. 어느 방이든 빨리 들어가고 싶어."

"식탁 앞에 앉고 싶어."

그런데 어쩐 일인지 귀찮게 문 하나가 또 있었습니다. 옆에 거울이 걸려 있고 그 아래에 커다란 손잡이가 달린 브러시가 놓여 있었습니다.

문에는 붉은 글씨로 '손님 여러분, 여기서 머리를 단정히 빗은 후 신발의 흙을 털어주세요'라고 쓰여 있었습니다.

"당연한 얘기야. 니도 조금 전 현관 앞에서는 산속에 있는 요릿집이라고 얄봤으니까."

"예의범절이 엄격한 집이군. 틀림없이 높은 사람들이 자주 올 거야."

거기서 두 사람은 단정히 머리를 빗고 신발에 묻은 흙을 털었습니다.

어찌된 일일까요? 브러시를 마루 위에 놓자마자 브러시가 부옇게 흐려지더니 사라졌고 갑자기 바람이 휙 불어왔습니다.

두 사람은 깜짝 놀라 서로 꼭 붙어서 문을 열고 다음 방으로 들어갔습니다. 따뜻한 음식을 먹고 기운을 차리지 않으면 큰일 날 것 같았습니다.

문 안쪽에 또 이상한 문구가 쓰여 있었습니다.

'총과 총알은 이곳에 놓으세요'

바로 옆에 검은 받침대가 있었습니다.

"맞는 말이야. 총을 들고 음식을 먹을 수는 없잖아."

"아니면 신분 높은 사람이 늘 오는 건 아닐까?"

두 사람은 총과 벨트를 풀어 받침대 위에 놓았습니다.

또 검은 문이 있었습니다.

'모자와 외투와 신발은 벗어주세요'

"어떻게 할까? 벗을까?"

"어쩔 수 없지. 벗어놓자고. 안쪽에 이미 와 있는 사람은 정말 대단한 사람일 거야."

두 사람은 모자와 외투를 못에 걸고 신발을 벗은 뒤 성큼성큼 안으로 들어갔습니다.

문 뒤쪽에는 '네타이핀, 커프스 버튼, 안경, 지갑, 그 외 금속류, 특히 뾰족한 것은 모두 여기에 놓으세요.'라고 쓰여 있었습니다. 문 옆에는 검은색의 멋진 금고가 입을 벌린 채 자물쇠와 함께 놓여 있었습니다.

"하하, 요리에 전기를 쓰나 보네. 금속류는 위험하니까 특히 뾰족한 것은 위험하다고 했을 거야."

"그렇지. 그럼 계산은 여기서 하는 걸까?"

"아마도."

"그럴 거야."

두 사람은 안경을 벗고, 커프스 버튼을 빼서 금고 속에 넣고 자물쇠를 잠갔습니다.

조금 가다 보니 또 문이 있고 그 앞에 유리 단지 하나가 있었습니다. 문에는 이렇게 쓰여 있었습니다.

'항아리 안의 크림을 얼굴과 손발에 잘 발라주세요'

자세히 살펴보니 단지 안에 들어 있는 것은 분명 우유 크림이 있었습니다.

"크림은 왜 바르라는 걸까?"

"밖이 몹시 춥잖아. 방 안이 너무 따뜻하면 살이 트니까 예방하려는 것이겠지. 아무래도 대단한 사람이 와 있나 봐. 생각지도 못한 곳에서 우리가 귀족과 가까워질지도 모르겠어."

두 사람은 단지의 크림을 얼굴과 손에 바른 후 양말을 벗고 발에도 발랐습니다. 그런데도 크림이 남아 각자 얼굴에 바르는 척하며 몰래 크림을 먹었습니다.

서둘러 문을 열자, 문 뒤쪽에 '크림은 잘 발랐습니까? 귀에도 발랐습니까?'라고 쓰여 있었고 여기에도 마찬가지로 작은 크림 단지가 있었습니다.

"나는 귀에는 바르지 않았어. 잘못했으면 귀가 틀 뻔했군. 주인은 매우 섬세한 사람이야."

"그래. 이런 세심한 부분까지 신경을 써주다니. 그런데 난 빨리 뭘 먹고 싶은데, 계속 복도뿐이니……."

그러자 바로 앞에 다음 문이 있었습니다.

'요리는 이제 곧 완성됩니다. 15분도 걸리지 않습니다. 곧 먹을 수 있습니다. 지금 당신 머리에 향수를 잘 뿌려주세요'

문 앞에는 금빛으로 번쩍이는 향수병이 놓여 있었습니다.

두 사람은 그 향수를 머리에 뿌렸습니다.

그런데 향수에서는 식초 같은 냄새가 났습니다.

"향수에서 식초 냄새가 나는데. 어떻게 된 거지?"

"아마도 하녀가 감기에 걸려서 잘못 넣었을 거야."

두 사람은 문을 열고 안으로 들어갔습니다.

문 뒤에는 커다란 글씨로 이렇게 쓰여 있었습니다.

'주문이 많아서 귀찮았지요? 죄송합니다. 이제 이것이 마지막입니다. 단지 안의 소금을 몸 전체에 잘 발라주세요.'

정말로 멋진 도자기 모양의 파란색 소금 단지가 놓여 있었습니다. 그러나 이번만큼은 두 사람 모두 가슴이 철렁 내려앉아 크림을 잔뜩 바른 얼굴을 마주 보았습니다.

"아무래도 이상해."

"나도 그래."

"지금까지 이 많은 주문을 우리에게 하고 있어."

"그러니까 서양 요리점은 손님에게 서양 요리를 제공하는 것이 아니라 손님을 서양 요리로 만들어서 먹는 집인 거야. 다, 다, 다, 다시 말하면, 우, 우, 우리가……."

두 사람은 덜덜 떨려서 아무 말도 할 수 없었습니다.

"우, 우리들이……으악!"

"빨리 빠져나가자…….

덜덜 떨면서 한 신사가 뒷문을 밀었지만 문은 꿈쩍도 하지 않았습니다.

안쪽에는 아직 문이 하나 더 있었다. 은색 포크와 나이프 모양의 커다란 열쇠 구멍이 두 개 있고 '수고 많았습니다. 매우 잘했습니다. 자, 배 안쪽으로 들어오세요'라고 쓰여 있었습니다. 열쇠 구멍으로 파란 눈동자가 이쪽을 힐끔힐끔 엿보고 있었습니다.

"으악!"

"으악!"

둘은 울음을 터뜨렸습니다.

그러자 문 안쪽에서 소곤소곤 이런 말소리가 나직이 들려왔습니다.

"안 되겠어. 벌써 눈치챘어. 소금을 비벼 바르지 않았어."

"당연하지. 대장이 잘못 쓴 거야. '주문이 많아서 귀찮았지요, 죄송합니다' 하고 얼빠진 소리를 써놓았으니……."

"상관없어. 어차피 우리에게 뼈도 나눠주지 않을 테니까."

"그래. 하지만 만약에 저 녀석들이 들어오지 않으면 그건 우리 책임이야."

"부를까? 부르자. 손님, 어서 들어오세요. 접시도 닦아 놓았고 채소도 소금에 잘 절여 놓았어요. 당신들과 채소를 잘 섞어서 새하얀 접시에 담으면 된답니다. 빨리 오세요."

"어서 오세요. 빨리요. 혹시 샐러드를 싫어하나요? 그러면 지금부터 불을 피워 튀김으로 만들어줄까요? 어쨌거나 빨리 오세요."

두 사람은 너무 놀란 나머지 마치 꾸깃꾸깃 구겨진 종잇조각 같은 얼굴을 마주 본 채 덜덜 떨며 소리 없이 울었습니다.

안에서 훗훗 웃으며 다시 소리쳤습니다.

"어서 오세요, 어서요. 그렇게 울면 애써 바른 크림이 흘러내리잖아요, 잠시만 기다리세요. 곧 가지러 갈게요. 자, 빨리 오세요."

"빨리 오세요. 두목님이 벌써 냅킨을 두르고 나이프를 들고 입맛을 다시며 손님들을 기다리고 계세요."

두 사람은 울고 또 울었습니다.

그때 뒤에서 갑자기 "왕왕, 컹컹" 하는 소리가 들렸고 흰곰 같은 개 두 마리가 문을 뚫고 방 안으로 뛰어들어왔습니다. 열쇠 구멍으로 지켜보던 눈동자는 순식간에 사라지고 개들은 으르렁거리며 방 안을 빙글빙글 맴돌다가 다시 한번 "왕왕" 하고 짖더니 갑자기 다음 문으로 달려들었습니다. 문이 활짝 열리더니 개들은 빨려들 듯 뛰어들어갔습니다.

문 안쪽에는 새까만 어둠 속에서 "야옹, 그렁그렁" 하는 소리가 들리더니 다시 부스럭거리는 소리가 들렸습니다.

방은 연기처럼 사라지고 둘은 추위에 덜덜 떨며 풀숲에 서 있었습니다.

윗옷과 신발, 지갑, 넥타이핀은 나뭇가지와 나무 밑동에 매달려 있거나 흩어져 있었습니다. 바람이 획 불어오자 풀은 와삭와삭 나뭇잎은 버석버석 나무는 딱딱 소리를 냈습니다.

개가 으르렁거리며 돌아왔습니다.

그리고 등 뒤에서

"나리, 나리"라고 말하는 사람 소리가 들려왔습니다.

두 사람은 힘차게 소리쳤습니다.

"어이, 여기야, 빨리 오게."

도롱이를 걸친 전문 사냥꾼이 와삭와삭 풀밭을 헤치며 다가왔습니다.

이제야 두 사람은 안심했습니다.

사냥꾼이 가져온 경단을 먹고 도중에 산새를 10엔어치 사서 도쿄로 돌아갔습니다.

그러나 조금 전에 종잇조각처럼 구겨진 두 사람의 얼굴은 도쿄로 돌아가서도 목욕탕에 들어가서도 원래대로 돌아오지 않았습니다.

바람의 마타사부로

9월 1일

휘잉 휭휭 휭휘잉 휭휘잉
푸른 호두도 날려버려라
시큼한 모과도 날려버려라
휘잉 휭휭 휭휘잉 휭휘잉

산골짜기를 흐르는 시냇물 옆에 작은 학교가 있었습니다.

교실은 단 하나였지만 학생은 1학년부터 6학년까지 모두 있었습니다. 운동장은 테니스장만 헷지만 바로 뒤에는 밤나무가 자라는 아름다운 산이 있고 운동장 한쪽에는 퐁퐁 물이 솟아나는 바위 구멍도 있었습니다.

상쾌한 9월 1일 아침이었습니다. 푸른 하늘에 바람이 살랑살랑 불고 운동장에 햇살이 가득했습니다. 검은 유키바카마*를 입은 1학년 아이 두 명이 모퉁이를 돌아 운동장에 들어서서 아직 아무도 없는 것을 보고 "와, 우리가 일등이다. 일등이야" 하고 소리치며 신나게 교실 문을 들어섰습니다. 그러나 교실 안을 보고 둘 다 깜짝 놀라 우뚝 서서 얼굴을 마주 보고 부들부들 떨었습니다. 그러다 결국 한 아이가 울음을 터뜨렸습니다. 그 조용한 아침의 교실 안에 어디서 왔는지 처음 보는 얼굴의 빨간 머리 아이가 맨 앞자리에 반듯한 자세로 앉아 있었기 때문입니다. 더구나 그 자리는 바로 울고 있는 아이의 자리였습니다. 다른 한 아이도 거의 울 것 같았지만 억지로 참으며 눈을 크게 뜨고 그쪽을 노려보고 있는데 마침 강 상류에서 "초는 아가구리, 초는 아가구리"라고 높이 외치는 소리가 들리더니 가스케가 가방을 안고 웃으며 커다란 까마귀처럼 운동장을 가로질러 달려왔습니다. 뒤이어 사타로와 고스케도 우르르 따라왔습니다.

"왜 울고 있어? 네가 못살게 굴었니?"

가스케가 울고 있지 않은 아이의 어깨를 잡으며 말했습니다. 그러자 그 아이도 우아앙 하고 울음을 터뜨렸습니다. 다들 이상하다 싶어 주위를 둘러보다가 교실 안에 이상한 빨간 머리 아이가 얌전히 단정하게 앉아 있는 것을 발견했습니다. 여자아이들도 하나둘

---

* 눈이 많이 오는 지방에서 입는 통이 넓은 바지다.

모여들었지만 그 누구도 아무 말도 하지 않았습니다.

빨간 머리 아이는 전혀 주눅 들지 않고 여전히 바르게 앉아 가만히 칠판을 보고 있습니다.

그때 6학년 이치로가 왔습니다. 이지로는 마치 어른처럼 천천히 걸어와서 아이들에게 물었습니다.

"무슨 일이야?"

그제야 비로소 왁자지껄 소리 내며 교실 안에 있는 이상한 아이를 가리켰습니다. 이치로는 잠시 그 아이를 보다가 이윽고 가방을 꼭 안고 창문 아래로 걸어갔습니다.

아이들도 완전히 기운을 되찾고 이치로를 뒤따랐습니다.

"아직 시간도 되지 않았는데 교실에 들어온 너는 누구야?"

이치로는 창틀 위로 기어올라 교실 안으로 얼굴을 들이밀며 말했습니다.

"날씨 좋은 날에 교실에 있으면 선생님께 엄청 혼난다."

창문 아래에서 고스케가 말했습니다.

"혼나도 난 몰라."

가스케도 말했습니다.

"빨리 나와, 나오라고."

이치로가 말했습니다. 그러나 그 아이는 힐끔힐끔 교실과 아이들을 둘러볼 뿐 무릎에 손을 얹고 그대로 앉아 있었습니다.

무엇보다 아이의 모습이 정말 이상했습니다. 아이는 기묘한 쥐색의 헐렁한 겉옷과 하얀 반바지를 입고 빨간 가죽 반장화를 신고 있었습니다. 게다가 얼굴은 잘 익은 사과 같았고 특히 눈은 동그랗고 새까맸습니다. 전혀 말이 통할 것 같지 않아 이치로도 난처해했습니다.

"녀석은 외국인이야."

"우리 학교에 들어오려나 봐."

모두 왁자지껄 떠들었습니다. 그때 갑자기 5학년 가스케가 "3학년으로 들어오는 거야"라고 소리쳤습니다.

'그래, 맞아.'

나이 어린 아이들은 그렇게 생각했지만 이치로는 아무 말 없이 고개를 끄덕였습니다.

이상한 아이는 힐끔힐끔 둘러볼 뿐 계속해서 바르게 앉아 있었습니다.

그때 바람이 휙 불어와 교실 창문이 일제히 덜컹덜컹 울리고 학교 뒷산 억새와 밤나무도 기묘하게 푸르스름한 빛을 띠고 흔들렸으며, 교실 안의 아이는 어쩐지 히죽 웃으며 몸을 조금 움직인 것 같았습니다. 그때 가스케가 소리쳤습니다.

"아, 알았다. 녀석은 바람의 마타사부로*야."

모두 그렇다고 생각했을 때 갑자기 뒤쪽에서 고로가 "아, 아프잖아" 하고 소리쳤습니다.

모두가 그쪽을 돌아봤을 때 고로가 고스케에게 발을 밟혀 화가

---

* '바람의 사부로'는 바람의 동자신으로 현재도 이와테 · 니가타 등에서 제사 의식을 행한다. '마타'라는 글자는 미야자와 겐지가 창작한 것이다.

나 고스케를 때리고 있었습니다. 그러자 고스케도 화가 나서 "자기가 잘못해놓고 왜 나를 때려?"하며 고로를 때리려고 했습니다. 고로는 얼굴이 온통 눈물 범벅이 되어 고스케한테 덤벼들었습니다. 그때 이치로가 둘 사이에 끼어들고 가스케가 고스케를 붙잡았습니다.

"얘들아, 싸우지 마. 선생님이 교무실에 계신다고."

이치로가 아이들을 말리며 다시 교실 쪽을 돌아보았다가 갑자기 멍해졌습니다. 조금 전까지 교실에 있던 그 이상한 아이가 흔적도 없이 사라진 것입니다. 모두 모처럼 친구가 된 망아지가 멀리 끌려가버린 것처럼, 힘들게 잡은 곤줄박이를 놓친 것처럼 생각되었습니다.

바람이 또 휙 하고 불어와 창문을 덜컹덜컹 흔들고, 뒷산의 억새를 따라 올라가더니 희뿌연 물결을 일으켰습니다.

"야, 너희가 싸우니까 마타사부로가 사라졌잖아."

가스케가 화가 나서 말했습니다. 모두 정말로 그렇게 생각했습니다. 고로는 몹시 미안해하며 발 아픈 것도 잊고 어깨를 움츠리고 서 있었습니다.

"역시 녀석은 바람의 마타사부로였어."

"210일*에 왔잖아."

"구두를 신고 있었어."

---

* 입춘을 기준으로 210일째 되는 날. 해마다 9월 1일 전후다. 이 무렵 태풍이 불거나 바람이 세게 분다고 한다.

"머리카락이 빨간 이상한 녀석이었어."

"마타사부로가 내 책상 위에 돌멩이를 놓고 갔어."

2학년 아이가 말했습니다. 정말 그 아이의 책상 위에 더러운 돌멩이가 놓여 있었습니다.

"그래, 저 유리창도 깨뜨렸어."

"아니야. 그건 방학하기 전에 가스케가 돌을 던져서 깨뜨렸던 거야."

"아니야, 아니야."

그때 선생님이 현관에서 나왔습니다. 그런데 이게 어찌 된 일인가요. 오른손에 반짝반짝 빛나는 호루라기를 들고 아이들 조회 준비를 하는 선생님 바로 뒤에 조금 전의 빨간 머리 아이가 부처님의 시종처럼 하얀 모자를 쓰고 선생님 뒤를 성큼성큼 따라왔습니다.

모두 조용해졌습니다. 이치로가 가까스로 "선생님 안녕하세요" 하고 인사하자, 모두 "선생님 안녕하세요" 하고 인사를 했습니다.

"여러분 안녕. 모두 건강해 보이네요. 그럼 줄을 서볼까요."

선생님이 호루라기를 삐익 하고 불었습니다. 호루라기 소리는 곧바로 골짜기 맞은편 산에 울렸다가 다시 삐익 하고 낮은 소리로 되돌아왔습니다.

모든 것이 방학 전과 똑같다고 생각하며 6학년 한 명, 5학년 일곱 명, 4학년 여섯 명, 3학년 열두 명이 학년마다 한 줄로 줄을 섰습니다.

2학년 여덟 명과 1학년 네 명은 앞으로나란히를 하고 줄을 섰습니다. 그때 조금 전의 이상한 아이는 뭐가 재미있는지 우스운지 옆으로 내민 혀를 어금니로 깨물며 아이들을 빤히 보고 있었습니다. 선생님은 "다카다, 이쪽에 서봐요" 하며 4학년 학생들의 줄로 데려가 가스케와 키를 재어보고는 가스케와 기요 사이에 세웠습니다. 모두 고개를 돌려 가만히 그 모습을 지켜보았습니다. 선생님이 다시 현관 앞으로 돌아가 "앞으로나란히" 하고 구령을 붙였습니다.

모두 앞으로나란히를 해서 줄을 맞추었지만 실은 그 이상한 아이가 어떻게 하고 있는지 궁금해서 번갈아 그 아이가 있는 곳을 쳐다보거나 곁눈질했습니다. 그 아이는 앞으로나란히든 뭐든 다 잘 알고 있는 듯이 손끝이 가스케의 등에 닿을락 말락하게 두 팔을 쭉 뻗었습니다. 가스케는 왠지 등이 가려운 것 같기도 하고 간지러운 것 같기도 하여 몸을 배배 꼬았습니다.

"바로."

선생님이 다시 구령을 붙였습니다.

"1학년부터 순서대로 앞으로 가세요."

1학년이 걷기 시작하더니 이윽고 2학년도 3학년도 걸어 나와 다른 학년들 앞을 지나 신발장이 있는 오른쪽 입구로 들어갔습니다. 4학년이 걷기 시작하자 조금 전의 아이도 가스케의 뒤를 따라 으스대며 걸어갔습니다. 앞서 간 아이들도 가끔 뒤돌아보았고 뒤따라가는 아이들도 가만히 지켜보았습니다.

잠시 후 모두가 신발장에 신발을 넣고 교실로 들어가 운동장에서 줄을 섰을 때처럼 학년마다 한 줄로 자리에 앉았습니다. 빨간 머리 아이도 아무렇지 않은 얼굴로 가스케 뒤에 앉았습니다. 곧바로 교실 안이 떠들썩해졌습니다.

"어? 내 책상이 바뀌었어."

"내 책상 안에 돌이 들어 있어."

"기코, 기코, 통지표 가지고 왔어? 난 가져오는 걸 깜빡했어."

"야, 연필 좀 빌려줘. 빨리."

"안 돼. 왜 내 공책을 가져가는데."

그때 선생님이 들어오자 모두 떠들면서도 좌우간 일어섰고 이치로는 맨 뒤에서 "경례" 하고 말했습니다.

인사를 하는 동안에는 잠시 조용하다가 다시 왁자지껄 떠들기 시작했습니다.

"조용히, 여러분. 조용히 하세요."

선생님이 말했습니다.

"쉿, 에쓰지, 조용히 해. 가스케, 기코, 조용."

맨 뒤에 앉은 이치로가 떠드는 아이들을 한 명씩 불러가며 꾸짖었습니다.

모두 조용해졌습니다. 선생님이 말했습니다.

"여러분, 긴 여름 방학 동안 재미있게 보냈나요? 여러분은 아침부터 헤엄을 칠 수도 있었고 숲속에서 매한테 지지 않을 만큼 목청껏 소리치기도 하고 또 풀 베러 가는 형을 따라 들판에도 갔겠지요. 이제 여름 방학은 어제로 끝났어요. 이제는 2학기이고 가을이에요. 예부터 가을은 몸과 마음을 다잡고 공부하기 좋은 계절이라고 했어요. 그러니까 여러분도 오늘부터 열심히 공부해야 해요. 그리고 이번 방학 동안 여러분에게 새로운 친구가 생겼어요. 바로 저기 있는 다카다예요. 다카다의 아버지는 이번에 회사 일로 위쪽 들판 어귀로 오시게 되었어요. 다카다는 지금까지 홋카이도에서 학교를 다녔지만 오늘부터 여러분의 친구가 되었으니 여러분은 공부할 때나 밤을 주우러 갈 때나 고기를 잡으러 갈 때나 다카다와 같이 다녀야 해요. 알았죠? 이해한 사람은 손을 들어보세요."

모두 손을 들었습니다. 다카다라는 아이도 힘차게 손을 들자, 선생님은 빙긋 웃으며 곧바로 말했습니다.

"이해한 것 같네요. 좋아요."

그러자 한 번에 불이 꺼지듯 모두 동시에 손을 내렸습니다.

그때 가스케가 "선생님" 하고 손을 들었습니다.

"말해봐요."

선생님이 가스케를 가리켰습니다.

"다카다는 이름이 뭐예요?"

"다카다 사부로예요."

"와, 그렇구나. 역시 마타사부로야."

가스케가 책상 앞에 앉은 채로 손뼉을 치고 춤을 추듯 했기 때문에 큰 아이들은 와하하 웃었지만 3학년과 그 아래 학년들은 왠지 무섭다는 듯 조용히 사부로를 보았습니다.

선생님이 다시 말했습니다.

"여러분, 오늘 통지표와 숙제를 가져오기로 했지요? 가지고 온 사람은 책상 위에 꺼내놓으세요. 지금 걷겠어요."

아이들은 가방을 열거나 책보를 풀어 통지표와 숙제장을 책상 위에 꺼내놓았습니다.

그러자 선생님이 1학년부터 순서대로 걷기 시작했습니다. 그때 모두가 깜짝 놀랐습니다. 언제부턴가 교실 뒤쪽에 어른 한 명이 서 있었기 때문입니다. 그 사람은 헐렁헐렁한 흰 삼베옷을 입고 반들반들한 검은 손수건을 넥타이 대신 매고 손에 든 하얀 부채를 얼굴에 부치면서 웃는 얼굴로 아이들을 바라보고 있었습니다. 모두 점점 조용해지더니 굳어버리고 말았습니다. 하지만 선생님은 특별히 그 사람을 신경 쓰는 기색도 없이 차례로 통지표를 걷으며 사부로 자리까지 왔습니다. 사부로는 통지표도 숙제장도 없어서 대신 꼭 쥔 두 손을 책상 위에 올려놓고 있었습니다. 선생님은 아무 말 없이 사부로의 자리를 지나 모두 걷은 아이들의 통지표와 숙제장을 가지런히 챙겨 교단으로 돌아갔습니다.

"그럼 숙제장은 다음 토요일까지 고쳐서 돌려줄 테니 오늘 가져오지 않은 사람은 잊지 말고 내일 꼭 가져오세요. 에쓰지, 고지, 료사쿠, 알겠죠? 그럼 오늘은 여기까지 할게요. 내일부터는 평소처럼 준비해 오세요. 그리고 5학년과 6학년은 선생님과 함께 교실 청소를 합시다. 그럼, 여기까지."

이치로가 "차렷" 하고 말하자 모두 동시에 일어섰습니다. 뒤에서 있던 어른도 부채를 내리고 바로섰습니다.

"경례."

선생님도 모두에게 인사를 했습니다. 뒤에 있던 어른도 가볍게 고개를 숙였습니다. 저학년 아이들은 쏜살같이 교실 밖으로 뛰어나갔지만 4학년 아이들은 아직 머뭇거리고 있었습니다.

그러자 사부로가 조금 전의 헐렁헐렁한 흰옷을 입은 사람에게 갔습니다. 선생님도 교단에서 내려와 그 사람에게 다가갔습니다.

"정말 수고 많이 하셨습니다."

그 사람은 선생님에게 정중하게 인사를 했습니다.

"금세 다들 친구가 될 거예요."

선생님도 인사를 하며 말했습니다.

"아무쪼록 잘 부탁드립니다. 그럼 실례하겠습니다."

그 사람은 다시 정중하게 인사를 하고 눈짓으로 사부로를 부르더니 현관 쪽으로 돌아 나가 밖에서 기다렸습니다. 사부로는 모두가 지켜보는 가운데 눈을 크게 뜨고 아무 말 없이 교실 문을 나갔습니다. 그리고 두 사람은 운동장을 가로질러 강 하류 쪽으로 걸어갔습니다.

운동장을 나설 때 그 아이는 고개를 돌려 학교와 아이들 쪽을 노려보는 듯하더니 다시 흰옷 입은 사람과 성큼성큼 걸어갔습니다.

"선생님, 저 사람은 다카다의 아버지인가요?"

이치로가 빗자루를 들고 선생님에게 물었습니다.

"그렇단다."

"무슨 일로 왔나요?"

"위쪽 들판 어귀에 몰리브덴이라는 광석이 나는데 그걸 캐러 왔다는구나."

"어디에 있는데요?"

"나도 아직 잘 모르지만 너희들이 말을 몰고 가는 길에서 좀 더 강 아래쪽에 있는 것 같구나."

"몰리브덴은 어디에 쓰는데요?"

"철과 섞어서 쓰거나 약을 만들 때 쓴다고 하는구나."

"그럼 마타사부로도 그걸 캐나요?"

가스케가 말했습니다.

"마타사부로가 아니라 다카다 사부로야."

사타로가 말했습니다.

"아니야. 마타사부로야, 마타사부로."

가스케가 얼굴이 새빨개지도록 끝까지 우겼습니다. 이치로가 말했습니다.

"가스케, 너도 남아 있을 거면 청소 좀 도와."

"싫어. 오늘은 5학년과 6학년이 하는 거잖아."

가스케는 서둘러 교실 밖으로 달아나버렸습니다.

바람이 다시 불어와 창문이 덜컹덜컹 울리고 걸레가 담긴 양동이에도 작고 검은 물결이 일었습니다.

9월 2일

다음 날 이치로는 그 이상한 아이가 오늘부터 정말 학교에 나와 책을 읽을지 빨리 보고 싶어 평소보다 빨리 가스케네 집으로 갔습니다. 그런데 가스케는 이치로보다 훨씬 더 그런 마음이 들었는지 벌써 밥을 먹고 책보를 들고 집 앞에서 이치로를 기다리고 있었습니다. 둘은 그 아이 이야기를 하며 학교에 갔습니다. 운동장에는 벌써 어린아이 일고여덟 명이 모여 막대 감추기 놀이를 하고 있었지만 그 아이는 보이지 않았습니다. 또 어제처럼 교실에 있나 싶어 교실을 들여다보았지만 고요할 뿐 아무도 없었고 칠판에는 어제 청소할 때 걸레로 닦은 자국이 희미하게 하얀 줄무늬로 남아 있었습니다.

"어제 그 녀석 아직 안 왔어."

이치로가 말했습니다.

"응."

가스케도 교실 주위를 둘러보았습니다.

이치로는 철봉 아래로 걸어가 간신히 철봉에 올라 두 손을 짚으며 오른쪽으로 옮겨가더니 철봉에 걸터앉아 어제 마타사부로가 지나간 방향을 내려다보며 기다리고 있었습니다. 산골짜기의 시냇물은 마타사부로가 갔던 방향으로 반짝반짝 빛나며 흐르고 그 아래 산꼭대기에서는 바람이 불고 있는 듯 때때로 억새가 하얗게 물결치고 있었습니다. 가스케도 철봉 아래에서 가만히 그쪽을 보

109

며 기다렸습니다. 그러나 오래 기다릴 필요도 없었습니다. 마타사
부로가 오른손에 회색 가방을 들고 아래쪽 길에서 튀어나오듯 갑
자기 나타났기 때문입니다.

"왔다!"

이치로가 밑에 있던 가스케에게 소리쳤을 때 마타사부로는 벌
써 깅독을 빙 돌아 재빠르게 정문으로 들어오더니 "안녕" 하고 거
리낌 없이 말했습니다.

모두 일제히 그쪽을 돌아보았지만 대답한 아이는 한 명도 없었
습니다. 선생님에게 언제나 "안녕하세요"라고 배웠을 뿐 아이들
끼리 "안녕" 하고 인사한 적은 없었기 때문입니다. 그런데 마타사
부로가 인사를 하자 이치로나 가스케는 너무 갑작스럽고 또 마타
사부로가 당당했기 때문에 결국 머뭇머뭇하다가 두 사람 모두 안
녕이라고 말하는 대신 입안에서 우물거리고만 있었습니다. 그러
나 마타사부로는 특별히 신경 쓰지 않는 듯 두세 걸음 걷더니 가
만히 멈춰 서서 까만 눈으로 운동장을 빙 둘러보았습니다. 잠시 동
안 자기와 놀아줄 친구를 찾는 듯했습니다. 그러나 모두 마타사부
로를 힐끔힐끔 보기만 할 뿐 마타사부로에게 다가가는 아이는 없
었습니다. 모두 머뭇거리다가 바쁜 듯 막대 감추기를 했습니다. 마
타사부로는 조금 무안한 듯 우두커니 서 있다가 다시 한번 운동장
을 둘러보았습니다. 그리고 운동장 크기가 얼마나 되는지 재어보
려는 듯 교문에서 현관까지 걸음 수를 세어 보며 큰 걸음으로 걸어
가기 시작했습니다. 이치로는 급히 철봉에서 뛰어내려 가스케와

나란히 숨죽인 채 그 모습을 지켜보았습니다.

잠시 후 마타사부로는 건너편 현관 앞까지 갔다가 다시 돌아서서 암산을 하는 듯 고개를 숙이고 서 있었습니다.

모두가 힐끔힐끔 그쪽을 보았습니다. 마타사부로는 조금 난처하다는 듯 뒷짐을 지고 교무실 앞을 지나 맞은편 둑길 쪽으로 걸어갔습니다.

그때 바람이 획 하고 불어와 강둑의 풀들이 쏴아 물결치고 운동장 한가운데 먼지가 일더니 현관 앞까지 이르러 뱅뱅 돌며 작고 누런 회오리바람이 되어 병을 거꾸로 세운 모양으로 지붕보다 높이 올라갔습니다.

"맞아. 저 녀석은 마타사부로야. 녀석이 무슨 일만 하면 반드시 바람이 불잖아."

"응."

이치로는 정말 그런지 잘 모르겠다고 생각하면서 말없이 그쪽을 보고 있었습니다. 마타사부로는 전혀 신경 쓰지 않고 강둑 쪽으로 빠르게 걸어갔습니다.

그때 선생님이 여느 때처럼 호루라기를 들고 현관으로 나왔습니다.

"안녕하세요."

아이들이 달려왔습니다.

"안녕."

선생님은 운동장을 잠깐 둘러본 후 삐익 하고 호루라기를 불었습니다.

"자, 줄을 서세요."

모두 모여 어제처럼 줄을 맞춰 섰습니다. 마타사부로도 어제 정해준 곳에 서 있었습니다. 선생님은 햇빛이 내리쬐어 눈이 부신 듯 얼굴을 찡그렸지만 차례차례 구령을 붙였고 모두 교실로 들어갔습니다. 인사가 끝나자 선생님이 말했습니다.

"여러분 오늘부터 공부를 시작하겠어요. 준비물은 잘 챙겨왔죠? 그럼 1학년과 2학년은 습자 교본과 벼루와 종이를 꺼내고, 3학년과 4학년은 산수책과 공책과 연필을 꺼내고, 5학년과 6학년은 국어책을 꺼내세요."

그러자 여기저기서 시끌벅적 소란스러웠습니다. 마타사부로의 바로 옆자리에 앉은 4학년 사타로가 갑자기 손을 뻗어 3학년 가요의 연필을 획 가져갔습니다.

"오빠! 내 연필 가져가면 어떻게 해."

가요가 다시 집어오려고 하자, 사타로는 "이건 내 연필이야" 하고 말하며 연필을 품속에 넣고는 중국인이 인사를 하는 것처럼 두 손을 소매 속에 넣고 책상 앞에 가슴을 붙이고 납작 엎드렸습니다.

"오빠, 오빠 연필은 그제 헛간에서 잃어버렸잖아. 빨리 내 연필 돌려줘" 하고 말하며 어떻게든 연필을 되찾아오려 했지만 사타로는 게 화석처럼 책상에 달라붙어 꼼짝도 하지 않았습니다. 가요는 선 채로 입술을 일그러뜨리며 울음을 터뜨리려 했습니다. 마타사부로는 국어책을 책상 위에 꺼내놓고 난처하다는 듯이 이 모습을 보고 있었습니다. 마침내 가요가 눈물을 뚝뚝 흘리자 아무 말 없이 오른손에 쥐고 있던 크기가 반으로 줄어든 연필을 사타로의 책상 위에 놓았습니다. 사타로는 갑자기 힘이 나서 벌떡 일어서더니 마타사부로에게 물었습니다.

"주는 거야?"

마타사부로는 조금 머뭇거리는 듯하다가 결심한 듯 "응" 하고 대답했습니다. 그러자 사타로가 갑자기 웃음을 터뜨리더니 품속의 연필을 가요의 조그만 손에 건넸습니다.

선생님은 맞은편에서 1학년 학생들의 벼루에 물을 따라주느라, 가스케는 마타사부로의 앞자리라 보지 못했지만 이치로는 맨 뒷자리에서 모두 보고 있었습니다.

이치로는 뭐라 말할 수 없는 묘한 기분에 뿌드득뿌드득 이를 갈고 있었습니다.

"그럼 3학년은 여름 방학 전에 배운 뺄셈을 다시 한번 해봅시다. 이 문제를 계산해보세요."

선생님은 칠판에 문제를 썼습니다.

$$\begin{array}{r} 25 \\ -\ 12 \\ \hline \end{array}$$

3학년들은 문제를 열심히 공책에 옮겨 적었습니다. 가요도 공책에 얼굴을 맞닿을 듯한 자세로 썼습니다.

"4학년은 이걸 풀어보세요."

$$17 \times 4$$

4학년인 사타로를 비롯하여 기조와 고스케도 문제를 옮겨 적었습니다.

"5학년은 국어책 ○○쪽의 △과를 펴서 소리 내지 않고 읽을 수 있는 곳까지 읽으세요. 모르는 글자는 공책에 적어두세요."

5학년도 선생님이 말한 대로 했습니다.

"이치로도 국어책 ○○쪽을 읽으면서 모르는 글자를 공책에 적어두세요."

선생님은 교단을 내려와 1학년과 2학년이 쓴 글씨를 하나하나 보며 다녔습니다. 마타사부로는 책상 위에 책을 세워 두 손으로 잡고서 선생님이 시킨 대로 숨소리도 내지 않고 가만히 읽고 있었습니다. 하지만 공책에는 글씨를 한 글자도 옮겨 적지 않았습니다. 모르는 글자가 한 글자도 없는 것인지 하나뿐인 연필을 사타로에게 줘버려서인지 그 이유는 알 수 없었습니다.

그사이에 선생님은 교단으로 돌아가 3학년과 4학년 문제를 풀어준 뒤 다시 새로운 문제를 냈습니다. 이번에는 5학년들이 공책에 적어놓은 모르는 글자를 칠판에 쓰고 읽는 법과 뜻을 적었습니다.

"그럼, 가스케가 읽어보세요."

선생님이 말했습니다. 가스케는 두세 번 틀렸지만 선생님의 도움을 받으며 읽어나갔습니다.

마타사부로는 아무 말 없이 듣고 있었습니다. 선생님은 책을 들고 가마히 듣고 있다가 가스케가 열 줄 정도 읽자 "거기까지"라고 말하고 그 다음부터 읽었습니다.

한 차례 읽기가 끝나자 선생님은 아이들에게 책과 도구들을 집어넣으라고 했습니다.

"그럼 여기까지."

선생님이 교단에 올라 이렇게 말하자, 이치로가 뒤에서 "차렷" 하고 구령을 붙였습니다. 인사가 끝나자 모두 순서대로 밖으로 나가 줄을 서지 않고 흩어져서 놀았습니다.

2교시는 1학년부터 6학년까지 모두 음악 시간이었습니다. 선생님이 만돌린을 가지고 오자 모두가 지금까지 배운 노래 가운데 다섯 곡을 만돌린에 맞춰서 불렀습니다.

마타사부로도 모두 알고 있는 노래여서 함께 따라 불렀습니다. 음악 시간은 아주 빨리 지나갔습니다.

3교시가 되자 이번에는 3학년과 4학년이 국어를, 5학년과 6학년이 수학을 배웠습니다. 선생님이 다시 칠판에 문제를 쓰고 5학년과 6학년이 계산을 했습니다. 이치로는 답을 쓰고 나서 마타사부로 쪽을 힐끔 보았습니다. 그때 마타사부로는 어디서 났는지 조그만 뜬숯으로 공책에 숫자를 커다랗게 쓰며 계산을 하고 있었습니다.

9월 4일, 일요일

다음 날 아침 하늘은 맑고 계곡의 시냇물은 졸졸 소리를 내며 흘렀습니다. 이치로는 가스케와 사타로와 에쓰지를 불러내 함께 사부로네 집 쪽으로 걸어갔습니다. 학교보다 조금 아래쪽에 있는 시냇물을 건너고 물가에서 버드나무 가지를 하나씩 꺾어 푸른 껍질을 돌돌 벗겨 채찍처럼 만들어 손으로 휙휙 돌리며 위쪽 들판으로 계속 올라갔습니다. 모두가 급히 올라가느라 벌써부터 숨을 헐떡였습니다.

"마타사부로가 정말로 저기 샘물까지 와서 기다리고 있을까?"

"기다리고 있을 거야. 마타사부로는 거짓말 안 해."

"아, 더워. 바람 좀 불었으면 좋겠다."

"어디선가 바람이 불고 있어."

"마타사부로가 그런 걸 거야."

"어쩐지 해가 흐릿해진 것 같은데."

하늘에 흰 구름이 조금 덮였습니다. 어느새 절반가량 올라왔습니다. 골짜기의 집들이 아득히 보이고 이치로네 집 창고 지붕이 하얗게 빛났습니다.

숲길에 이르자 질퍽한 길이 이어지고 주위에는 아무것도 보이지 않았습니다. 이윽고 아이들은 약속 장소인 샘물 근처에 왔습니다. 그때 "아아, 모두 왔니?" 하고 사부로가 소리 높여 외치는 것이 들렸습니다.

모두가 단숨에 달려 올라갔습니다. 맞은편 모퉁이에 마타사부로가 작은 입술을 꼭 다문 채 세 사람이 뛰어 올라오는 모습을 보고 있었습니다. 세 사람은 겨우 사부로 앞까지 왔습니다. 하지만 숨이 차서 얼마간 아무 말도 하지 못했습니다. 가스케는 너무 답답해서 하늘을 향해 "하아" 하고 외치며 얼른 숨을 뱉어내리고 했습니다. 그러자 사부로가 크게 웃었습니다.

"오래 기다렸어. 그런데 오늘은 비가 올지도 모른대."

"그럼 빨리 가자. 우선 물은 마시고 가자."

세 사람은 땀을 닦으며 쪼그리고 앉아 새하얀 바위에서 퐁퐁 솟는 차가운 물을 몇 번이나 손으로 떠마셨습니다.

"우리 집은 여기서 가까워. 저 산골짜기 위야. 돌아갈 때 모두 들렀다 가."

"응. 우선 들판에 가자."

모두가 다시 걷기 시작했을 때 샘물도 뭔가를 알려주는 듯 '구우'라고 소리를 내고 주위의 나무도 왠지 '쏴' 하는 소리를 낸 것 같았습니다.

다섯 사람은 숲 기슭 덤불 사이를 지나고 돌담이 약간 무너진 곳을 몇 번이나 지나 위쪽 들판 어귀에 다다랐습니다.

아이들은 돌아서서 서쪽을 바라보았습니다. 빛나기도 하고 그늘지기도 하며 겹겹이 닿은 언덕 맞은편에 강을 따라 아련하고 푸른 들판이 펼쳐져 있었습니다.

"저건, 강이야."

"가스가묘진(春日明神)*의 띠 같은데."

마타사부로가 말했습니다.

"뭐 같다고?"

이치로가 물었습니다.

"가스가묘진의 띠 같다고."

"너 신의 띠 본 적 있어?"

"나 홋카이도에서 봤어."

모두가 무슨 말인지 몰라 아무 말도 하지 않았습니다.

정말로 그곳 위쪽 들판 어귀로 깔끔하게 베어진 풀숲에 커다란 밤나무 한 그루가 서 있었는데 줄기와 뿌리는 까맣게 썩어서 거대한 굴처럼 되었고 가지에는 낡은 밧줄과 끊어진 짚신 등이 걸려 있었습니다.

"조금만 더 가면 사람들이 풀을 베고 있을 거야. 말도 볼 수 있어."

이치로가 이렇게 말하며 풀숲에 난 한 줄기 길을 따라 계속 앞장서 걸어갔습니다. 사부로는 이치로 뒤에서 "여기는 곰이 없어서 말을 풀어놔도 되겠구나"라고 말하며 걸었습니다.

한참을 가자 길가 커다란 졸참나무 아래에 새끼줄로 짠 가마니가 놓여 있고, 여기저기에 풀 더미가 굴러다녔습니다.

등에 ○○를 짊어진 말 두 마리가 이치로를 보고 코를 벌름거리며 부르르 소리를 냈습니다.

---

* 나라시에 있는 가스가 신사에서 모시는 신의 이름이다.

"형. 어디 있어? 형. 나 왔어."

이치로가 땀을 닦으며 소리쳤습니다.

"어어, 왔구나. 거기 있어. 지금 갈 테니까."

멀리 맞은편 너머의 움푹 팬 곳에서 이치로 형의 목소리가 들렸습니다.

햇살이 밝아지고 이치로의 형이 그쪽 풀 속에서 웃으며 나왔습니다.

"잘 왔어. 친구들도 데리고 왔구나. 잘됐네. 돌아갈 때 망아지도 데려갈 수 있겠어. 오늘 낮부터 흐려질 거야. 난 조금 더 풀을 베어야 하니까 너희들은 놀고 싶으면 저기 둑 안에서 놀아. 목장에는 아직 말이 스무 마리 정도 있을 거야."

이치로의 형이 가다 돌아서서 말했습니다.

"둑에서 벗어나면 안 돼. 길을 잃게 되면 위험하니까. 낮에 다시 올게."

"응. 둑 안에만 있을게."

이치로의 형은 갔습니다. 하늘에는 옅은 구름이 깔리고 태양은 하얀 거울처럼 되어 구름과 반대 방향으로 달려갔습니다. 바람이 불자 아직 베지 않은 풀이 한쪽으로 쏠리며 물결쳤습니다. 이치로가 앞장서서 작은 길을 곧장 걸어가자 곧 둑이 나타났습니다. 둑이 끊어진 곳에 통나무 두 개가 가로놓여 있었습니다. 에쓰지가 몸을 구부려 그곳을 지나가려 하자, 가스케가 "이 정도는 치워버릴 수 있어"라고 말하며 통나무 한쪽 끝을 내려놓자 모두 통나무를 뛰어

넘어 안으로 들어갔습니다. 맞은편 조금 높은 곳에 윤이 나는 갈색 말이 일곱 마리가량 모여 느긋하게 꼬리를 흔들고 있었습니다.

"이 말들은 한 마리에 1,000엔이 넘어. 내년부터 모두 경마에 나간대."

이치로는 말 옆으로 다가가며 말했습니다.

말은 지금끼지 매우 외로웠다는 듯 이치로와 아이들 쪽으로 다가왔습니다.

그리고 뭔가를 원하는 듯 콧등을 내밀었습니다.

"하하하, 소금을 달라는 거야."

모두 이렇게 말하고서 말이 핥도록 손을 내밀기도 했지만 사부로만은 말한테 익숙하지 않은 듯 기분 나쁘다는 표정으로 호주머니에 손을 집어넣었습니다.

"와, 마타사부로는 말을 무서워하는구나."

에쓰지가 말했습니다.

"무섭지 않아."

사부로는 바로 호주머니에서 손을 빼서 말의 코앞에 내밀었지만 말이 목을 늘이고 혀를 내밀자 얼굴빛을 획 바꾸더니 재빨리 주머니에 손을 다시 넣었습니다.

"와, 마타사부로가 말을 무서워한다."

에쓰지가 다시 말했습니다.

그러자 사부로는 얼굴이 새빨개져서 잠시 머뭇거리다 말했습니다.

"그럼, 다 같이 경마할까?"

경마는 어떻게 하는 것인지 모두 궁금해했습니다.

그러자 사부로가 말했습니다.

"난 경마를 많이 봤어. 하지만 이 말들은 안장이 없으니까 탈 수 없어. 모두 한 마리씩 말을 몰아서 가장 먼저 저기, 그러니까 서 커다란 나무에 먼저 도착하는 사람이 이기는 거야."

"그거 재미있겠다."

가스케가 말했습니다.

"혼날지도 몰라. 말 돌보는 사람에게 들키면."

"괜찮아. 경마에 나가는 말은 연습을 해야 하니까."

사부로가 말했습니다.

"좋아, 나는 이 말이야."

"나는 이 말."

"그럼 나는 이 말."

모두 버드나무 가지나 억새 이삭으로 말을 가볍게 쳤으나 말들은 꿈쩍도 하지 않았습니다. 조금 전과 마찬가지로 목을 숙이고 풀을 뜯거나 주위 풍경을 더 자세히 보려는 듯 목을 뻗고 있었습니다.

이치로가 손뼉을 마주치며 "이랴!" 하고 말했습니다. 그러자 갑자기 일곱 마리 모두 갈기를 나부끼며 나란히 달려나갔습니다.

"잘한다."

가스케는 힘차게 달렸습니다. 하지만 아무리 해도 이것은 경마가 아닌 것 같았습니다. 무엇보다 말들은 언제까지나 얼굴을 나란히 하고 달렸고 경주를 할 만큼 빨리 달리지도 않았습니다. 그럼에도 모두 재미있어 하며 '이랴, 이랴' 하고 외치며 열심히 뒤를 따라갔습니다.

얼마 달리지 않아 말들이 멈춰 서려 했습니다. 모두가 조금 숨찼지만 침고 말을 몰았습니다. 그러자 말들은 어느 틈에 언덕진 곳을 빙 돌아 조금 전 아이들이 목장 안으로 들어올 때 넘어온 둑이 끊어진 곳에 왔습니다.

"아, 말이 나간다, 말이 나가. 잡아, 잡아!"

이치로가 얼굴이 새파래져 소리쳤습니다. 실제로 말은 둑 밖으로 나가려 했습니다. 자꾸 달려서 통나무를 뛰어넘으려고 했습니다.

"워, 워!"

이치로가 몹시 당황하여 통나무 앞까지 뛰어가 넘어질 듯 겨우 두 팔을 벌렸을 때 말 두 마리는 벌써 밖으로 나간 뒤였습니다.

"빨리 와서 잡아! 빨리!"

이치로는 숨이 끊어질 듯 소리치며 통나무를 원래대로 올려놓았습니다. 셋이 달려가서 급히 통나무 사이를 빠져나갔을 때 말 두 마리는 이미 멈춰 서서 둑 밖에 있는 풀을 뜯었습니다.

"천천히 잡아. 천천히."

이치로가 재갈에 달린 이름표를 꽉 잡았습니다. 가스케와 사부로가 나머지 한 마리를 붙잡으려고 다가가자 말은 놀란 듯 둑을 따라 남쪽으로 쏜살같이 달렸습니다.

"형, 말이 도망간다. 말이 도망가! 형, 말이 도망가!"

뒤에서 이치로가 열심히 소리쳤습니다. 사부로와 가스케는 있는 힘을 다해 말을 쫓았습니다.

그러나 말은 이번에야말로 진짜 도망치기로 작정한 듯했습니다. 자기 키만 한 풀을 헤치고 올라갔다 내려갔다 하며 끝없이 달렸습니다.

가스케는 벌써 다리가 저려서 어디를 어떻게 달렸는지 알 수 없었습니다. 곧이어 눈앞이 새파래지고 빙글빙글 돌더니 마침내 무성한 풀밭에 쓰러지고 말았습니다. 언뜻 말의 붉은 갈기와 말을 뒤쫓는 사부로의 하얀 모자가 보였습니다.

가스케는 벌렁 누워 하늘을 보았습니다. 하늘이 새하얗게 빛나며 빙글빙글 돌고 옅은 잿빛 구름이 아주 빠르게 달려오며 쾅쾅 소리를 냈습니다.

가스케는 겨우 일어나 가쁜 숨을 쉬며 말이 달려간 곳으로 걸어가기 시작했습니다. 말과 사부로가 지나간 흔적인 듯 풀밭에는 길 같은 것이 희미하게 나 있었습니다. 가스케는 웃었습니다. 그리고 생각했습니다.

'흥. 말도 겁이 나서 어딘가에 서 있을 거야.'

가스케는 열심히 그 흔적을 쫓아갔습니다. 그러나 그 길은 백 걸음도 가기 전에 뚝갈*과 높이 자란 엉겅퀴 풀숲에서 길이 두 갈래

---

* 산과 들의 볕이 잘 드는 풀밭에서 자란다. 흰 꽃이 피며 잎과 줄기가 억세고 거친 털이 있다.

세 갈래로 갈라져 어느 길로 갔는지 전혀 알 수 없었습니다. 가스케는 "어이!" 하고 소리쳤습니다.

어디선가 사부로가 "어이!" 하고 소리치는 것 같았습니다.

가스케는 과감하게 가운데 길을 택했습니다. 하지만 그 길은 때때로 끊어지기도 하고 말이 갈 수 없을 것 같은 가파른 비탈 옆을 지나기도 했습니다.

하늘은 몹시 어둡고 가라앉아 주위는 흐릿해졌습니다. 차가운 바람이 풀을 스쳐 지나가고 구름과 안개가 끊어졌다 이어지며 지나갔습니다.

'아, 큰일 났다. 나쁜 일이 계속 생길 것 같아' 하고 가스케는 생각했습니다. 과연 생각한 그대로 말이 지나간 흔적이 갑자기 풀숲 속으로 사라져버렸습니다.

'아, 어떡하지? 큰일 났다.'

가스케는 가슴이 쿵쾅쿵쾅 뛰었습니다.

풀이 몸을 구부려 사삭사삭 소리를 내기도 하고 와삭와삭 울기도 했습니다. 안개가 점점 짙어져 옷은 흠뻑 젖어버렸습니다.

가스케는 있는 힘을 다해 소리쳤습니다.

"이치로, 이치로, 어디 있니?"

하지만 아무런 대답도 없었습니다. 칠판에서 떨어지는 분필 가루처럼 어둡고 차가운 안개 알갱이가 주변 가득 춤추듯 돌아다니고 주위가 갑자기 조용해져 더욱 음산했습니다. 벌써 풀잎에 똑똑 물방울 떨어지는 소리가 들렸습니다.

가스케는 이치로와 아이들이 있는 곳으로 돌아가려고 서둘러 발걸음을 돌렸습니다. 그런데 거기는 조금 전에 지나온 길이 아닌 듯했습니다. 무엇보다 엉겅퀴가 너무 많았고 조금 전에는 없었던 자갈이 뒹굴고 있었습니다. 그러더니 마침내 본 적도 없는 깊은 골짜기가 갑자기 눈앞에 나타났습니다. 와삭와삭 억새 스치는 소리가 들리고 맞은편은 깊이를 알 수 없는 골짜기처럼 안개 속으로 사라졌습니다.

바람이 불자 억새 이삭이 수많은 가느다란 손을 내뻗어 정신없이 흔들며 "아, 서쪽님, 아, 동쪽님. 아, 서쪽님. 아, 남쪽님. 아, 서쪽님" 하고 말하는 듯했습니다.

가스케는 차마 볼 수가 없어 눈을 삼고 고개를 돌렸습니다. 그리고 서둘러 되돌아갔습니다. 갑자기 좁고 검은 길이 풀숲 사이로 나타났습니다. 수많은 말발굽 자국이 만든 길이었습니다. 가스케는 짧은 웃음소리를 내고는 그 길을 계속 걸었습니다.

하지만 그 길은 폭이 15센티미터 정도 되었다가 90센티미터로 넓어져 미덥지 못했고 왠지 빙 돌아가는 느낌이었습니다. 마침내 꼭대기가 불타버린 커다란 밤나무 앞까지 왔을 때, 길은 흐릿하게 여러 갈래로 갈라져버렸습니다.

그곳은 아마도 야생마들이 모이는 곳으로 안개 속에서 둥근 광장처럼 보였습니다.

가스케는 낙담하여 검은 길을 다시 되돌아가려 했습니다. 이름 모를 풀 이삭이 조용히 흔들리다 바람이 조금 강해지면 어디선가 신호를 보내는 듯 주변의 풀들이 '이크, 왔구나' 하고 모두 몸을 숙였습니다.

하늘이 번쩍번쩍 우르르 쾅쾅 울렸습니다. 바로 눈앞의 안개 속에 집 모양의 커다랗고 검은 것이 나타났습니다. 가스케는 잠시 자기 눈을 의심하며 멈춰 서 있다가, 아무리 생각해도 집 같아서 조심조심 더 가까이 다가가 보니 그것은 차갑고 커다란 검은 바위였습니다.

하늘이 빙글빙글 하얗게 흔들리고 풀잎이 단번에 물방울을 떨쳐냈습니다.

"자칫 들판 맞은편으로 내려가면 마타사부로도 나도 죽을 거야."

가스케는 생각하듯 중얼거리듯 말하다가 소리쳤습니다.

"이치로, 이치로, 어디 있어. 이치로!"

다시 주위가 밝아지고 풀이 일제히 기쁨의 숨을 내쉬었습니다.

"이사도 마을에 사는 전기공의 아들이 산속에 사는 무서운 남자 괴물에게 잡혔다."

언젠가 누군가가 했던 이야기가 가스케의 귓가에 뚜렷이 들려왔습니다.

갑자기 검은 길이 사라져버렸습니다. 주위가 아주 잠시 쥐 죽은 듯 조용해졌습니다. 그러더니 갑자기 몹시 강한 바람이 불어왔습니다.

하늘이 깃발처럼 펄럭펄럭 나부끼고 빛나면서 불꽃이 탁탁 타올랐습니다. 가스케는 결국 풀 위에 쓰러져 잠들어버렸습니다.

이 모든 것이 어딘가 먼 곳에서 일어나는 일 같았습니다.

곧이어 눈앞에 마타사부로가 다리를 뻗고 아무 말 없이 하늘을 올려다보고 있습니다. 평소에 입던 잿빛 윗옷 위에 유리 망토를 걸치고 있습니다. 그리고 반짝이는 유리 구두를 신고 있습니다.

마타사부로의 어깨에 밤나무 그늘이 푸르게 드리워져 있습니다. 마타사부로의 그림자는 풀 위에 푸르게 드리워져 있습니다. 그리고 바람이 계속 불었습니다. 마타사부로는 웃지도 않고 아무 말도 하지 않았습니다. 다만 작은 입술을 굳게 다문 채 하늘을 보고 있습니다. 갑자기 마타사부로가 하늘로 날아올랐습니다. 유리 망토가 반짝반짝 빛났습니다.

가스케가 눈을 떴습니다. 잿빛 안개가 빠르게 흘러가고 있었습니다.

그리고 가스케의 눈앞에 말이 서 있었습니다. 말은 가스케한테 겁을 먹고 눈길을 돌렸습니다.

가스케는 벌떡 일어나 말의 이름표를 잡았습니다. 말 뒤에서 사부로가 핏기 없는 입술을 꼭 다물고 다가왔습니다. 가스케는 부들부들 떨었습니다.

"어이!"

안개 속에서 이치로의 형 목소리가 들렸습니다. 천둥도 치고 있었습니다.

"어이. 가스케. 어디 있어? 가스케."

이치로의 목소리도 들렸습니다. 가스케는 기뻐서 펄쩍 뛰었습니다.

"여기 있어. 여기! 이치로. 여기야!"

이치로의 형과 이치로가 갑자기 눈앞에 나타났습니다. 가스케는 순간 울음을 터뜨렸습니다.

"계속 찾았어. 정말 위험했어. 저런, 흠뻑 젖었구나."

이치로의 형은 익숙한 손놀림으로 말의 목을 안더니 가지고 온 재갈을 재빨리 말의 입에 물렸습니다.

"자, 가자."

"마타사부로, 많이 놀랐지."

이치로가 사부로에게 말했습니다. 사부로는 아무 말 없이 입을 굳게 다물고 고개를 끄덕였습니다.

모두 이치로의 형을 따라 완만한 언덕을 두 개 정도 넘었습니다. 그리고 검고 넓은 길에 접어들어 한참을 걸었습니다.

번개가 두어 번 희뿌옇게 번쩍였습니다. 풀 타는 냄새가 나고 안개 속으로 연기가 흘러가고 있었습니다.

이치로의 형이 소리쳤습니다.

"할아버지, 찾았어요. 모두 찾았어요."

할아버지는 안개 속에 서서 말했습니다.

"얼마나 걱정했는지 모른단다. 아, 잘됐구나. 오, 가스케, 춥지, 얼른 들어가거라."

가스케도 이치로와 마찬가지로 그 할아버지의 손자인 듯했습니다.

반쯤 타버린 커다란 밤나무 밑동에 풀로 만든 작은 울타리가 있고 그 안에 빨간 불꽃이 활활 타고 있었습니다.

이치로의 형이 졸참나무에 말을 매었습니다.

말이 히힝 하고 울었습니다.

"오, 가엾게도. 얼마나 울었을까. 그 아이는 광부의 아이로구나. 자, 얘들아, 경단 좀 먹어보렴. 방금 구웠단다. 대체 어디까지 간 거냐?"

"사사나가네 내려가는 어귀요."

이치로의 형이 대답했습니다.

"정말 위험했구나. 위험했어. 맞은편으로 내려갔으면 말도 사람도 그걸로 끝이야. 사, 가스케. 경단 좀 먹어보렴. 너도 먹어봐. 자, 어서. 너도 먹고."

"할아버지. 말을 데려다 놓고 올까요?"

이치로의 형이 말했습니다.

"그래. 말을 돌보는 사람이 오면 귀찮아질 거야. 그래도 조금 기다리렴. 곧 날이 갤 테니까. 아, 정말 걱정했단다. 나도 도라코산 아래까지 가보고 왔거든. 곧 비도 그칠 게다."

"오늘 아침은 정말 날씨가 좋았는데."

"응. 다시 좋아질 거야. 아, 비가 그쳤네."

이치로의 형이 밖으로 나갔습니다. 천장에서 버스럭버스럭 소리가 났습니다. 할아버지가 웃으며 천장을 올려다보았습니다.

형이 다시 돌아왔습니다.

"할아버지, 날이 밝아졌어요. 비도 그쳤어요."

"그래, 그래. 자, 모두 불을 쬐고 있어라. 나는 다시 풀을 베러 가야겠구나."

안개가 완전히 걷혔습니다. 햇빛이 순식간에 쏟아져 들어왔습니다. 태양은 서쪽으로 기울어 있었고 납 같은 안개 몇 조각이 미처 달아나지 못해 어쩔 수 없이 햇빛에 반짝였습니다.

풀잎에서는 물방울이 반짝이며 떨어지고 모든 잎도 줄기도 꽃도 올해의 마지막 햇빛을 빨아들이고 있었습니다.

아득히 먼 서쪽의 푸른 들판은 방금 울음을 그친 듯 환하게 웃고 맞은편 밤나무는 푸른 후광을 내뿜었습니다. 모두 지쳐서 이치로를 따라 들판을 내려갔습니다. 사부로는 여전히 굳게 입을 다문 채 샘물이 있는 곳에서 다른 아이들과 헤어져 아버지가 있는 오두막으로 혼자 돌아갔습니다.

돌아가는 길에 가스케가 말했습니다.

"녀석은 역시 바람 신이야. 바람 신의 아들이라고. 저 위에서 둘이 살고 있는 거야."

"그렇지 않아!"

이치로가 소리 높여 말했습니다.

9월 5일

다음 날은 아침나절 비가 내렸지만 2교시부터 점차 개더니 3교시가 끝나고 10분 쉬는 시간에 완전히 그쳐, 여기저기 깎아낸 듯 푸른 하늘이 펼쳐졌고 그 아래로 새하얀 비늘구름이 동쪽으로 달려갔고 산속 억새와 밤나무 위로 남은 구름이 수증기처럼 피어올랐습니다.

"학교 끝나면 포도 따러 가지 않을래?"

고스케가 가스케에게 조용히 말했습니다.

"그래, 그래. 마타사부로도 가지 않을래?"

가스케가 말했습니다.

"야, 마타사부로한테는 거기가 어딘지 안 가르쳐줄 거야."

고스케가 말했지만 사부로는 그 말을 듣지 못하고 "갈게. 나 홋카이도에서도 따봤어. 우리 엄마는 포도주를 나무통으로 두 통이나 땄어" 하고 말했습니다.

"포도 따러 나도 데려가면 안 돼?"

2학년 쇼키치가 말했습니다.

"안 돼. 너에게도 가르쳐주지 않겠어. 나, 작년에 새로운 곳을 발견했거든."

모두 수업이 끝나기를 몹시 기다렸습니다. 5교시가 끝나자 이치로와 가스케, 사타로, 고스케, 에쓰지, 마타사부로까지 여섯 명이 학교 위쪽으로 올라갔습니다. 조금 가자 초가집 한 채가 있고 그

앞에 작은 담배 밭이 있었습니다. 담배 줄기의 아래쪽 잎은 이미 땄기 때문에 그 푸른 줄기가 수풀처럼 가지런히 늘어서 있는 모습은 참으로 보기 좋았습니다.

그때 마타사부로가 "이거, 무슨 잎이야?" 하며 담뱃잎을 하나 따서 이치로에게 보였습니다. 그러자 이치로는 깜짝 놀라 창백한 얼굴빛으로 말했습니다.

"아, 마타사부로, 담뱃잎을 따면 전매청 사람들에게 엄청 혼나. 마타사부로 대체 무슨 짓을 한 거야."

그러자 아이들이 한마디씩 말했습니다.

"전매청에서 담뱃잎을 한 장씩 세어서 수첩에 적어둔다고. 난 몰라."

"나도 몰라."

"나도 몰라."

모두 한목소리로 사부로를 놀려댔습니다.

그러자 사부로의 얼굴이 새빨개져서 잠시 담뱃잎을 돌리며 뭔가 말하려고 생각하다가 "난 모르고 딴 거야" 하고 화내듯 말했습니다.

모두 겁먹은 듯 누군가 보는 사람은 없는지 맞은편 집을 보았습니다. 담배 밭에서 자욱하게 피어오르는 아지랑이 건너편으로 보이는 그 집은 아무도 없는 듯 고요했습니다.

"저 집은 1학년 아이네 집이잖아."

가스케가 사부로의 기분을 풀어주려는 듯이 말했습니다. 그러나 고스케는 애초에 자신이 발견한 포도밭에 사부로와 아이들이 가는 것이 싫었기 때문에 사부로에게 또다시 심술궂게 말했습니다.

"아무리 몰랐다고 해도 안 돼. 마타사부로, 원래대로 해놔."

마타사부로는 난처한 듯 다시 한동안 아무 말 없다가 조금 전에 뜯은 담뱃잎을 담배 뿌리 쪽에 살짝 내려놓았습니다.

"여기에 두고 갈 거야."

그러자 이치로가 "빨리 가자" 하고 앞장서서 걸어가자 아이들도 따라갔습니다.

"난 몰라. 어, 마타사부로가 뜯은 잎, 저기에 있잖아."

고스케만 혼자 남아 그렇게 말했지만 모두가 계속 걸어갔기 때문에 고스케노 할 수 없이 따라갔습니다.

아이들이 억새 사이로 난 작은 길을 따라 산 쪽으로 조금 올라가자 남쪽으로 밤나무가 여기저기 서 있는 움푹 팬 땅이 보이고, 그 아래쪽에 포도가 주렁주렁 달린 나무가 커다란 덤불을 이루고 있었습니다.

"여기는 내가 발견했으니까 모두 너무 많이 따면 안 돼."

고스케가 말했습니다.

그러자 사부로가 "난 밤을 딸래" 하며 돌멩이를 주워 밤나무 가지에 던졌습니다. 푸른 밤송이 하나가 떨어졌습니다.

마타사부로는 막대로 밤송이를 벗겨내 아직 익지 않은 하얀 밤 두 톨을 꺼냈습니다. 다른 아이들은 열심히 포도를 땄습니다.

고스케가 다른 포도 덤불로 가려고 밤나무 아래를 지나갈 때였습니다. 갑자기 위에서 물방울이 한꺼번에 쫘 하고 떨어져 고스케의 어깨와 등이 물에 빠진 것처럼 흠뻑 젖었습니다. 고스케는 깜짝 놀라 입을 벌리고 위를 쳐다보니, 어느 틈에 올라갔는지 마타사부로가 슬며시 웃으며 소맷부리로 자기 얼굴을 닦고 있었습니다.

"야, 마타사부로 뭐 하는 거야?"

고스케가 원망스러운 듯 나무를 올려다보았습니다.

"바람이 불었어."

사부로가 나무 위에서 낄낄거리며 말했습니다.

고스케는 밤나무 밑을 지나 또 다른 덤불에서 포도를 따기 시작했습니다. 이미 고스케는 혼자서 들 수 없을 만큼 포도를 여기저기에 쌓아놓았습니다. 입은 보라색으로 물이 들어 커다랗게 보였습니다.

"자, 이제 그만 가자."

이치로가 말했습니다.

"나는 더 딸 거야."

고스케가 말했습니다.

그때 고스케의 머리 위로 또다시 차가운 물방울이 쫘 하고 떨어졌습니다. 고스케는 또 놀란 듯 나무를 올려다보았지만 사부로는 나무 위에 없었습니다.

하지만 나무 건너편에 사부로의 잿빛 팔꿈치도 보이고 킥킥 웃는 소리도 들렸기 때문에 고스케는 몹시 화가 나고 말았습니다.

"야, 마타사부로, 또 나한테 물 뿌렸지!"

"바람이 불었어."

모두 와 하고 웃었습니다.

"야, 마타사부로, 너 거기서 또 나무를 흔들었잖아."

모두 다시 와 하고 웃었습니다.

그러자 고스케는 원망스러운 듯 아무 말 없이 한참 사부로의 얼굴을 보다가 소리쳤습니다.

"야, 마타사부로 너 같은 아이는 이 세상에 없어도 돼."

그러자 마타사부로가 짓궂게 웃었습니다.

"이런, 고스케, 미안해."

고스케는 뭔가 다른 말을 하려고 생각했지만 너무 화가 나서 생각이 나지 않자 다시 같은 말을 외쳤습니다.

"야, 야, 마타사부로 너 같은 바람 따위는 이 세상에 없어도 돼."

"미안해. 네가 나한테 심술궂게 굴어서 그만……."

마타사부로는 눈을 깜박거리며 조금 미안하다는 듯이 말했습니다. 그러나 고스케의 화는 좀처럼 풀리지 않았습니다. 그리고 세 번째 같은 말을 되풀이했습니다.

"야, 마타사부로 같은 바람 따위는 이 세상에 없어도 돼."

그러자 마타사부로는 재미있다는 듯이 낄낄 웃으며 물었습니다.

"바람이 세상에 없어도 좋다고? 그럼, 바람이 없어서 좋은 점을 하나씩 말해봐."

마타사부로는 선생님 같은 표정으로 손가락 하나를 내밀었습니다. 고스케는 시험을 보는 것 같기도 하고 괜히 귀찮은 일을 만들었나 싶어 몹시 분했지만 하는 수 없이 한참 생각한 뒤 입을 열었습니다.

"넌 장난만 치잖아. 우산도 망가뜨리고."

"그리고?"

마타사부로는 재미있다는 듯이 한 발짝 다가서며 말했습니다.

"그리고 나무를 부러뜨리거나 쓰러뜨리잖아."

"그리고? 또?"

"집도 부수고."

"그리고? 또?"

"등불도 끄고."

"그리고? 또? 뭐?"

"모자도 날려버려."

"그리고? 그리고 또? 또 뭐?"

"삿갓도 날려버려."

"그리고? 그리고?"

"그리고 음, 전봇대도 쓰러뜨려."

"그리고? 그리고? 그리고?"

"그리고 지붕도 날려버려."

"아하하하. 지붕은 집의 일부잖아. 그래, 그럼 또 있어? 그리고? 그리고?"

"그리고 음, 음, 그러니까 램프도 꺼뜨려."

"아하하, 램프나 등불이나 마찬가지잖아. 이것뿐이야? 그리고?

그리고?"

고스케는 말문이 막히고 말았습니다. 거의 다 말했기 때문에 아무리 생각해도 더는 생각나지 않았습니다. 마타사부로는 점점 더 재미있다는 듯이 손가락 하나를 세우면서 "그리고? 그리고? 그다음엔?" 하고 말했습니다.

고스케는 얼굴이 빨개져서 한참 생각한 뒤 겨우 대답했습니다.

"풍차도 망가뜨려."

그러자 마타사부로는 이번에는 팔짝 뛰며 웃었습니다. 모두가 웃었습니다. 웃고 또 웃었습니다.

마타사부로는 겨우 웃음을 그치고 말했습니다.

"거봐. 결국 풍차라고 말했네. 풍차는 바람을 나쁘게 생각하지 않아. 물론 바람이 풍차를 부서뜨릴 때도 있지만 풍차를 돌릴 때가 훨씬 많지. 풍차는 조금도 바람을 나쁘게 생각하지 않아. 그리고 무엇보다 조금 전에 네가 댄 이유는 정말 우스워. '음, 음.' 이 소리만 하다가 결국 풍차라고 했잖아. 아, 웃겨."

마타사부로는 다시 눈물이 날 만큼 웃었습니다. 고스케는 너무 당황해서 화난 것도 잊어버렸습니다. 그래서 그만 마타사부로와 함께 웃어버리고 말았습니다. 그러자 마타사부로도 기분이 좋아진 듯 말했습니다.

"고스케, 장난쳐서 미안해."

"자, 그럼 가자."

이치로가 이렇게 말하며 마타사부로에게 포도 다섯 송이를 주었습니다. 마타사부로는 하얀 밤을 모두에게 두 톨씩 나누어주었습니다. 모두 아랫길까지 함께 내려가 각자 자기 집으로 돌아갔습니다.

9월 7일

다음 날 아침은 안개가 축축이 내려앉아 학교 뒷산도 희미하게 보였습니다. 그런데 오늘도 2교시쯤부터 차츰 개더니 이윽고 파란 하늘이 나타나더니 햇볕이 쨍쨍 내리쬐었습니다. 점심시간이 되어 3학년과 그 아래 학년이 돌아가자 마치 여름처럼 더워졌습니다.

점심시간이 지나면서부터 선생님도 교단에서 땀을 닦았습니다. 4학년은 글씨를 쓰면서 5학년, 6학년은 그림을 그리면서 너무 더워서 꾸벅꾸벅 졸았습니다.

수업이 끝나자 아이들은 곧바로 강 아래쪽으로 몰려갔습니다.

"마타사부로 수영하러 가지 않을래? 지금쯤 저학년도 거기에 있을 거야."

가스케가 말해서 마타사부로도 따라갔습니다.

그곳은 얼마 전 위쪽 들판에 갈 때 건넜던 곳보다도 조금 아래쪽이었는데 오른쪽에서 계곡의 시냇물이 흘러들어와 넓은 강을 이루고 있었고 바로 아래쪽에는 커다란 쥐엄나무가 서 있는 낭떠러지였습니다.

"여기야."

먼저 와 있던 아이들이 벌거벗은 채 두 손을 들고 소리쳤습니다. 이치로와 아이들은 달리기 경주를 하듯 강가의 자귀나무 사이를 달려가 옷을 벗자마자 첨벙첨벙 물에 뛰어들어가더니 양발을 번갈아 물장구를 치며 비스듬히 늘어서서 맞은편 기슭으로 헤엄쳐 갔습니다.

먼저 와 있던 아이들도 뒤따라 헤엄치기 시작했습니다.

마타사부로도 옷을 벗고 아이들을 뒤따라 헤엄치다가 갑자기 소리 높여 웃었습니다.

그러자 맞은편 기슭에 도착한 이치로가 바다표범 같은 머리에 입술은 보랏빛이 되어 덜덜 떨며 말했습니다.

"야, 마타사부로, 왜 웃었어?"

마타사부로도 덜덜 떨면서 기슭으로 올라와 말했습니다.

"강물이 정말 차갑다."

"마타사부로, 왜 웃었어?"

이치로가 다시 물었습니다.

"너희들 수영하는 게 이상해. 왜 발로 탁탁 소리를 내는 거야?"

마타사부로가 또 웃었습니다.

"뭐야."

이치로가 말했지만 왠지 부끄러운 듯 "돌 줍기 할래?" 하고 말하며 하얗고 둥근 돌을 주웠습니다.

"할래, 할래."

아이들이 모두 외쳤습니다.

"그럼 내가 저 나무 위에서 떨어뜨릴게."

이치로는 이렇게 말하고 벼랑 중턱에 튀어나온 쥐엄나무 위로 올라갔습니다.

"그럼 떨어뜨린다. 하나, 둘, 셋."

이치로는 하얀 돌을 강에 첨벙 던졌습니다. 그러자 너도나도 기슭에서 물에 뛰어들어 푸른 해달처럼 바닥에 잠수했다가 물 위로 떠올라 번갈아 푸우 소리를 내며 하늘로 물을 뿜었습니다.

마타사부로는 아이들 모습을 가만히 보고 있다가 물 위로 모두 떠오른 뒤 물속에 첨벙 뛰어들었습니다. 역시 바닥에 닿지 못하고 떠올랐기 때문에 모두 와 하고 웃었습니다. 그때 맞은편 기슭 자귀나무가 있는 곳에 웃통을 벗거나 그물을 든 어른 네 명이 나타났습니다.

그러자 이치로가 나무 위에서 목소리를 낮추고 모두에게 소리쳤습니다.

"얘들아, 발파한다. 모르는 척해. 돌 줍기는 그만하고 모두 강 하류로 내려가."

그래서 모두는 그쪽을 보지 않는 척하며 함께 하류 쪽으로 헤엄쳤습니다. 이치로는 나무 위에서 이마에 손을 대고 다시 한번 확인한 뒤에 첨벙하고 거꾸로 물속에 뛰어들었습니다. 그리고 잠수를 해서 단숨에 아이들을 따라잡았습니다.

모두가 강 하류의 여울까지 갔습니다.

"모르는 척하고 놀자. 얘들아."

이치로가 말했습니다. 아이들은 숫돌을 줍거나 할미새를 쫓거나 하며 발파 따위는 전혀 모른 척했습니다.

맞은편 강기슭에서는 하류에서 광부로 일하는 쇼스케가 잠시 여기저기를 둘러보더니 갑자기 책상다리를 하고 자갈 위에 앉았습니다. 그리고 천천히 허리에서 담뱃갑을 꺼내 담뱃대를 물더니 뻐끔뻐끔 연기를 내뿜었습니다. 이상하다고 생각한 순간 다시 앞치마처럼 생긴 작업복에서 뭔가를 꺼냈습니다.

"발파다, 발파다."

아이들이 소리쳤습니다. 이치로는 손을 흔들어 아이들을 저지했습니다. 쇼스케는 작업복에서 꺼낸 것에 조심스럽게 담뱃불을 옮겨 붙였습니다. 뒤에 있던 한 사람이 즉시 물속에 들어가 그물을 쥐고 기다렸습니다. 쇼스케는 침착하게 일어나 한 발을 물에 넣고 손에 들고 있던 것을 쥐엄나무 아래쪽에 던졌습니다. 그러자 얼마 지나지 않아 펑 하는 엄청난 소리가 나더니 물이 솟구쳤습니다. 한동안 주변이 기잉 울렸습니다. 맞은편 어른들이 모두 물에 들어갔습니다.

"자, 물고기가 떠내려올 거야. 모두 잡아."

이치로가 말했습니다.

이윽고 고스케는 새끼손가락만 한 갈색 둑중개를 잡았습니다. 그 뒤에서는 가스케가 마치 참외 먹는 소리를 냈습니다. 가스케는 18센티미터가량 되는 붕어를 잡고 얼굴이 새빨개지도록 기뻐하고 있었습니다. 모두가 물고기를 잡고 와아 소리치며 기뻐했습니다.

"조용, 조용."

이치로가 말했습니다.

그때 웃통을 벗거나 셔츠를 입은 어른 대여섯 명이 맞은편의 하얀 강기슭으로 달려왔습니다. 그 뒤를 망사 셔츠를 입은 사람이 안장 없는 말을 타고 마치 영화에서처럼 쏜살같이 달려왔습니다. 모두 발파 소리를 듣고 보러 온 것입니다.

쇼스케는 잠시 팔짱을 끼고 모두가 물고기 잡는 것을 보고 있다가 "전혀 없군" 하고 말했습니다. 그때 마타사부로가 어느 틈에 쇼스케에게 다가갔습니다.

마타사부로는 중간 크기의 붕어 두 마리를 자갈밭에 던지듯 놓으며 말했습니다.

"물고기, 돌려드리겠습니다."

그러자 쇼스케가 "뭐야, 이 녀석은. 이상한 녀석이군" 하고 말했습니다.

마타사부로는 아무 말 없이 이쪽으로 되돌아왔습니다. 쇼스케는 이상한 얼굴로 마타사부로를 보고 있었습니다. 모두가 와 하고 웃었습니다.

쇼스케는 아무 말 없이 다시 상류 쪽으로 걸어갔습니다. 다른 어른들도 쇼스케를 따라가고 망사 셔츠를 입은 사람은 다시 말을 타고 달려갔습니다. 고스케가 헤엄쳐가서 사부로가 놓고 온 물고기를 다시 가지고 왔습니다. 그러자 모두가 또 웃었습니다.

"발파하면 물고기들이 여기저기 흩어져."

가스케가 강가의 모래 위에서 깡충깡충 뛰며 큰 소리로 외쳤습니다.

아이들은 잡은 물고기가 살아나도 도망가지 못하도록 주위를 돌로 둘러싸 작은 활어조를 만들어놓고 다시 상류의 쥐엄나무 위로 올라갔습니다. 날이 너무 더워서 자귀나무도 여름처럼 축 늘어져 보였고 하늘도 깊이를 알 수 없는 웅덩이처럼 보였습니다.

그때 누군가가 소리쳤습니다.

"아, 활어조가 부서진다."

양복에 짚신을 신은 코가 뾰족한 남자가 손에 지팡이 같은 것을 들고 아이들이 만든 활어조의 물을 휘젓고 있었습니다.

"아, 저 사람 전매청 사람이야. 전매청 사람."

사타로가 말했습니다.

"마타사부로, 네가 담뱃잎 딴 걸 발견한 거야."

가스케가 말했습니다.

"뭐야. 무섭지 않아."

마타사부로는 입술을 꽉 깨물며 말했습니다.

"모두 마타사부로를 에워싸, 에워싸!"

이치로가 말했습니다.

아이들이 쥐엄나무 한가운데 가지에 마타사부로를 두고 그 주변 가지에 걸터앉았습니다.

그 남자는 강기슭을 따라 물을 철벅거리며 이쪽으로 걸어왔습니다.

"왔다, 왔다, 왔다."

모두 숨을 죽였습니다. 그러나 그 남자는 마타사부로를 잡으려
하지 않고 아이들 옆을 그대로 지나쳐 상류의 얕은 여울을 건너려
고 했습니다. 게다가 바로 강을 건너지 않고 짚신이나 각반에 묻은
때를 씻으려는 듯 물속을 몇 번이나 왔다 갔다 하자 아이들은 무
서움은 사라진 대신 기분이 나빠졌습니다. 마침내 이치로가 입을
열었습니다.

"내가 먼저 소리칠 테니까 하나 둘 셋 하면 너희들도 나를 따라
소리치는 거야. 알았지? '너무 강물을 흐리지 마요, 언제나 선생님
이 말씀하시잖아요.' 하나, 둘, 셋."

"너무 강물을 흐리지 마요, 언제나 선생님이 말씀하시잖아요."

그 사람은 깜짝 놀라 이쪽을 보았지만 무슨 말인지 잘 모르겠다
는 표정이었습니다. 그래서 다시 한번 외쳤습니다.

"너무 강물을 흐리지 마요, 언제나 선생님이 말씀하시잖아요."

코가 뾰족한 사람은 뻐끔뻐끔 담배를 피울 때와 같은 입 모양을
하고 말했습니다.

"이 물을 마시니? 여기에서는."

"너무 강물을 흐리지 마요, 언제나 선생님이 말씀하시잖아요."

코가 뾰족한 사람은 조금 난처해하는 듯하더니 다시 한번 말했
습니다.

"강물 속을 걸으면 안 되니?"

"너무 강물을 흐리지 마요, 언제나 선생님이 말씀하시잖아요."

그 사람은 당황한 티를 내지 않으려는 듯 일부러 천천히 강을 건 넌 후 알프스 탐험가 같은 자세로 푸른 점토와 붉은 자갈의 절벽 을 비스듬히 가로질러 절벽 위쪽에 있는 담배 밭으로 올라가 버렸 습니다.

그러자 마타사부로가 "뭐야, 나를 잡으러 온 게 아니잖아"하고 말하며 맨 먼저 물에 첨벙 뛰어들었습니다.

아이들은 어쩐지 그 남자에게도 마타사부로에게도 미안한 마음 과 이상하게 허전한 기분이 들어 한 사람씩 나무에서 뛰어내려 강 기슭까지 헤엄쳐가서 물고기를 수건으로 싸거나 손에 들고 집으 로 돌아갔습니다.

9월 8일

다음 날 아침 수업 시작 전에 아이들이 운동장에서 철봉에 매달 리거나 막대 감추기 놀이를 하는데, 사타로가 뭔가 담긴 소쿠리를 안고 조금 늦게 왔습니다.

"뭐야? 뭐야?"

아이들이 곧장 달려가서 소쿠리를 들여다보았습니다. 그러자 사타로는 소매로 소쿠리를 가리고 급히 학교 뒤 바위 구멍이 있는 곳으로 갔습니다. 모두 뒤따라갔습니다. 이치로가 소쿠리를 들여다보더니 얼굴빛이 바뀌었습니다. 그것은 물고기를 잡을 때 쓰는 산초 가루였는데, 이 가루를 사용하면 발파를 하는 것과 마찬가지로 순경에게 잡혀갔습니다. 그러나 사타로는 바위 구멍 옆의 억새 사이에 숨기고 시치미 뗀 얼굴로 운동장으로 돌아왔습니다.

모두 소곤소곤 수업 시간이 될 때까지 소곤소곤 그 이야기만 하고 있었습니다.

그날도 어제처럼 10시쯤부터 더워졌습니다. 아이들은 수업 끝나기만을 기다렸습니다. 2시가 되어 5교시가 끝나자 모두 쏜살같이 뛰어나갔습니다. 사타로는 다시 옷소매로 소쿠리를 가리고 고스케와 아이들에게 둘러싸여 강가로 갔습니다. 마타사부로는 가스케와 같이 갔습니다. 모두 마을 축제 때 맡은 가스 냄새로 숨이 막히는 자귀나무 강가를 재빠르게 지나쳐 늘 가는 쥐엄나무 강가에 도착했습니다. 한여름에 볼 수 있는 멋진 구름 봉우리가 동쪽에서 뭉게뭉게 피어올라 쥐엄나무가 푸르게 빛나 보였습니다.

아이들이 후다닥 옷을 벗고 강가에 서자 사타로가 이치로의 얼굴을 보면서 말했습니다.

"한 줄로 나란히 서. 잘 들어. 물고기가 떠오르면 헤엄쳐가서 잡아. 잡은 만큼 줄게. 알았지?"

어린아이들은 기뻐서 새빨개진 얼굴로 밀고 잡아당기며 줄지어 웅덩이를 둘러쌌습니다. 페키치와 서너 명은 이미 헤엄쳐 쥐엄나무 아래까지 가서 기다리고 있었습니다.

사타로는 아주 으스대며 상류로 가서 철벙철벙 소쿠리를 물에

썼었습니다. 모두 가만히 물을 바라보며 서 있었습니다. 마타사부로는 물을 보지 않고 맞은편 구름 봉우리 위를 지나가는 검은 새를 보고 있었습니다. 이치로도 강가에 앉아 돌을 딱딱 두드리고 있었습니다. 그러나 한참 동안 기다렸지만 물고기는 떠오르지 않았습니다.

사타로는 똑바로 서서 매우 진지한 얼굴로 물을 바라보고 있었습니다. 모두 어제처럼 발파했다면 벌써 열 마리는 잡았을 거라고 생각했습니다. 다시 꽤 오랫동안 조용히 기다렸습니다. 하지만 물고기는 한 마리도 떠오르지 않았습니다.

"물고기가 전혀 떠오르지 않는데."

고스케가 소리쳤습니다. 사타로는 흠칫 놀랐지만 다시 집중해서 물을 들여다보았습니다.

"물고기가 한 마리도 떠오르지 않는데."

페키치가 맞은편 나무 아래에서 말했습니다. 그러자 모두 웅성웅성 떠들기 시작하더니 다들 물속에 뛰어들어버렸습니다.

사타로는 한동안 겸연쩍은 듯 쭈그리고 앉아 물만 들여다보고 있다가 일어서더니 "술래잡기 하지 않을래?" 하고 말했습니다.

"하자, 하자."

모두가 소리치며 가위바위보를 하려고 물속에서 손을 내밀었습니다. 헤엄치던 아이는 바닥에 닿는 곳까지 가서 손을 내밀었습니다. 이치로도 강가로 와서 손을 내밀었습니다. 이치로는 어제 코가 뾰족한 사람이 올라갔던 벼랑 아래의 미끈미끈한 푸른 점토가 있는 곳을 본부로 정했습니다. 푸른 점토가 있는 곳에 있으면 술래가 잡을 수 없다는 규칙도 덧붙였습니다. 그리고 바위나 보만 내기로 하는 가위바위보를 했습니다. 그러나 에쓰지는 혼자 가위를 냈기 때문에 모두에게 놀림을 당하고 술래가 되었습니다. 에쓰지가 보랏빛 입술로 강가를 달려 기사쿠를 잡자 술래는 두 사람이 되었습니다. 아이들은 모래 위와 물속 여기저기를 뛰어다니며 잡고 잡히면서 몇 번이나 술래잡기를 했습니다.

결국에는 마타사부로 혼자 술래가 되었습니다. 마타사부로는 곧바로 기치로를 잡았습니다. 모두가 쥐엄나무 아래에서 그 모습을 보았습니다. 그때 마타사부로가 "기치로, 너는 상류에서 애들을 몰아와, 알았지?"라고 말하며 자신은 아무 말 없이 서서 보고 있었습니다. 기치로는 입을 벌리고 손을 벌려 상류에서 점토 쪽으로 몰아왔습니다. 모두 웅덩이에 뛰어들 준비를 했습니다. 이치로는 버드나무 위로 올라갔습니다. 그때 상류에서 묻힌 발바닥의 점토 때문에 기치로가 아이들 앞에서 미끄러져 굴렀습니다. 모두 와아 소리치며 기치로를 뛰어넘거나 물에 뛰어들거나 푸른 점토 본부로 올라가 버렸습니다.

"마타사부로, 잡아봐라."

가스케가 일어서서 입을 크게 벌리고 팔을 벌리며 마타사부로를 놀렸습니다.

그러자 마타사부로는 아까부터 단단히 화가 난 듯 "좋아, 두고봐" 하고 말하면서 물에 풍덩 뛰어들어 가스케 쪽으로 헤엄쳐갔습니다.

마타사부로의 머리카락은 붉고 헝클어진 데다가 오랫동안 물속에 있어서 입술까지 보랏빛이었기 때문에 아이들은 꽤 겁을 먹었습니다. 무엇보다 푸른 점토 본부는 매우 좁아서 모두가 들어갈 수 없었고 게다가 아주 미끄럽고 경사진 곳이어서 아래쪽 네다섯 명은 위쪽 아이들을 붙잡고 간신히 버티고 있었습니다. 이치로만 맨 위쪽에서 침착하게 "자, 애들아" 하고 어떻게 해야 할지 의견을 구했습니다. 모두 머리를 맞대고 이치로 이야기를 듣고 있었습니다. 마타사부로가 어느새 철벅거리며 가까이 왔습니다. 모두 소곤소곤 이야기하고 있었습니다. 그때 마타사부로가 갑자기 아이들에게 물을 뿌리기 시작했습니다. 아이들이 허둥지둥 물을 막았더니 서서히 점토가 흘러 조금 아래쪽으로 미끄러져 내린 듯했습니다. 마타사부로는 신이 나서 더 세차게 물을 끼얹었습니다. 그러자 모두가 한꺼번에 미끄러져 물에 빠졌습니다. 마타사부로는 떨어지는 아이들을 닥치는 대로 잡았습니다. 이치로도 잡았습니다. 가스케가 혼자 위쪽으로 돌아가 헤엄쳐 달아나자, 마타사부로는 곧장 뒤쫓아가서 팔을 잡고 네다섯 번 빙글빙글 돌렸습니다. 가스케는 물을 먹었는지 물을 뱉어내며 사레들린 듯 콜록거렸습니다.

"나 그만할래. 이런 술래잡기는 이제 안 해."

어린아이들은 모두 자갈밭에 올라갔습니다. 마타사부로 혼자 쥐엄나무 아래 섰습니다.

그런데 그때 하늘 가득 먹구름이 덮이고 버드나무는 이상하게 흰빛을 띠고 산의 풀들은 점점 검어지더니 주위 풍경이 뭐라고 표현할 수 없이 무섭게 바뀌었습니다.

갑자기 위쪽 들판 쪽에서 우르릉 하고 천둥소리가 났습니다. 그 순간 산사태 소리가 나면서 단번에 소나기가 내렸습니다. 바람마저 획획 불었습니다. 웅덩이 물에는 세찬 물결이 일어 물인지 돌인지 알 수 없었습니다. 아이들은 강가에 벗어놓은 옷을 챙겨 들고 자귀나무 아래로 피했습니다. 마타사부로도 무서운 듯 쥐엄나무 아래에서 풍덩 물에 뛰어들더니 아이들이 모여 있는 곳으로 헤엄쳐왔습니다. 그때 누군가 소리쳤습니다.

"비는 쏴쏴 비사부로, 바람은 횡횡 마타사부로."

아이들도 입을 모아 소리쳤습니다.

"비는 쏴쏴 비사부로, 바람은 횡횡 마타사부로."

그러자 마타사부로는 뭔가가 발을 잡아당기기라도 하는 것처럼 몹시 당황하여 웅덩이에서 펄쩍 뛰어올라 쏜살같이 모두가 있는 곳으로 달려가더니 "지금 소리친 게 너희야?" 하고 와들와들 떨며 물었습니다.

"아니, 아니야."

아이들이 함께 외쳤습니다. 페키치가 혼자 나서서 또 한 번 "아니야" 하고 말했습니다.

마타사부로는 기분 나쁘다는 듯 강을 바라보다가 여느 때처럼 핏기 없는 입술을 꼭 깨물고 "뭐지?" 하고 혼잣말을 하며 여전히 와들와들 떨고 있었습니다.

아이들은 비가 개기를 기다렸다가 각자 집으로 돌아갔습니다.

9월 12일

휘잉 휭휭 휭휘잉 휭휘잉

푸른 호두도 날려버려라

시큼한 모과도 날려버려라

휘잉 휭휭 휭휘잉 휭휘잉

얼마 전에 마타사부로한테 들은 노래를 이치로는 꿈속에서 다시 들었습니다.

놀라서 벌떡 일어나 보니 밖은 정말로 세찬 바람이 불어 숲은 으르렁거렸고, 새벽녘이 가까워 검푸른 희미한 빛이 장지문과 선반 위의 초롱과 집 안에 가득했습니다. 이치로는 재빨리 허리띠를 매고 신발을 신고 봉당을 내려가 마구간을 지나서 쪽문을 열었고 차가운 빗방울과 함께 바람이 휙 하고 들어왔습니다.

마구간 뒤쪽에서 문 하나가 쿵하고 쓰러져 말이 히잉 하고 콧소리를 냈습니다. 이치로는 바람이 가슴 깊은 곳까지 스며드는 것 같아 '후우' 하고 힘차게 숨을 내뱉었습니다. 그러고 나서 밖으로 뛰어나갔습니다. 밖은 꽤 밝아졌고 땅은 젖어 있었습니다. 집 앞에 늘어선 밤나무는 이상하게 푸르스레 보이고 바람과 비에 씻기고 있는 듯 세차게 흔들리고 있었습니다. 푸른 잎이 바람에 날리고 푸른 밤송이도 검은 땅에 잔뜩 떨어져 있었습니다. 하늘에는 구름이 어두운 잿빛으로 빛나며 점점 북쪽으로 흘러가고 있었습니다. 멀리 숲에서는 우웅우웅 하고 바다가 성난 듯한 소리가 나고 쏴아 하는 소리도 들려왔습니다. 이치로의 얼굴 가득 차가운 빗방울이 떨어지고 바람에 옷이 날아갈 것 같았지만 그 소리를 들으며 가만히 하늘을 올려다보았습니다.

그때 가슴에 살랑살랑 물결이 이는 듯했습니다. 하지만 울부짖고 으르렁거리며 달려가는 바람을 가만히 보고 있자니 이번에는 가슴이 두근두근 뛰었습니다. 어제까지 언덕이나 들판의 하늘 아래서 조용히 있던 맑디맑은 바람이 오늘 새벽녘에 느닷없이 일제히 일어나 타스카로라 해구 북쪽 끝으로 간다고 생각하자, 이치로는 얼굴이 달아오르고 숨이 가쁘고 자신도 하늘로 날아오를 것 같아 가슴 가득 숨을 들이마셨다가 훅 뱉었습니다.

"아, 심한 바람이야. 오늘은 담배 밭도 조밭도 완전히 엉망이 되겠군."

이치로의 할아버지가 쪽문 쪽에 서서 가만히 하늘을 올려다보고 있었습니다. 이치로는 서둘러 양동이 한가득 우물물을 퍼 와서 부엌을 박박 닦았습니다. 그리고 철 세숫대야를 꺼내 얼굴을 씻고 찬장에서 식은 밥과 된장을 꺼내 정신없이 먹었습니다.

"이치로, 국 거의 다 끓였으니까 조금만 기다리렴. 오늘은 왜 그렇게 학교에 빨리 가려는 거니?"

어머니는 말한테 줄 ○을 끓이는 아궁이에 장작을 넣으며 물었습니다.

"응. 마타사부로가 날아갔을지도 모르니까."

"마타사부로라니? 새를 말하는 거니?"

"아니, 마타사부로라는 아이야."

이치로는 아침을 먹고 그릇을 깨끗이 씻었습니다. 그리고 부엌 벽에 걸린 비옷을 입고 신발은 손에 든 채 맨발로 가스케를 부르러 갔습니다. 가스케는 이제 막 일어나서 "지금 밥 먹고 나갈게"라고 말했기 때문에 이치로는 잠시 마구간 앞에서 기다렸습니다.

이윽고 가스케가 작은 도롱이를 입고 나왔습니다.

두 아이는 세찬 비바람을 흠뻑 맞으며 겨우 학교에 도착했습니다. 출입구에 들어서니 교실은 아직 조용했지만 곳곳의 창틈으로 비가 들이쳐 교실 바닥이 철벅철벅 물로 가득했습니다. 이치로는 잠시 교실을 둘러보다가 "가스케, 우리 물을 닦자"라고 말하며 종려의 털을 묶어서 만든 빗자루를 가져와 창문 아래 구멍으로 물을 쓸어냈습니다.

그때 벌써 누가 왔나 하고 안에서 선생님이 나왔는데 이상하게도 선생님은 평소의 홑옷을 입고 빨간 부채를 들고 있었습니다.

"정말 빨리 왔구나. 너희 둘이서 교실 청소를 하고 있었니?"

선생님이 물었습니다.

"선생님 안녕하세요."

이치로가 말했습니다.

"선생님 안녕하세요."

가스케도 인사를 하고서 바로 물었습니다.

"선생님, 오늘 마타사부로 오나요?"

선생님은 잠시 생각하더니 대답했습니다.

"마타사부로란 다카다 사부로를 말하는 거니? 다카다 사부로는 어제 아버지와 같이 다른 곳으로 갔단다. 일요일이어서 모두에게 인사를 하지 못했구나."

"선생님, 날아서 갔나요?"

가스케가 물었습니다.

"아니, 다카다 아버지가 회사에서 전보를 받았어. 다카다 아버지는 다시 이곳으로 돌아오신다고 하는데 다카다는 그곳 학교에 들어간다는구나. 그곳에는 어머니도 계시니까."

"회사에서 왜 불렀나요?"

"이곳의 몰리브덴 광산을 당분간 개발하지 않기로 했다는구나."

"그렇지 않아요. 녀석은 바람의 마타사부로예요."

가스케가 큰 소리로 외쳤습니다. 숙직실에서 뭔가 보글보글 끓는 소리가 났습니다. 선생님은 빨간 부채를 들고 서둘러 숙직실로 돌아갔습니다.

둘은 서로 무슨 생각을 하는지 탐색하는 듯한 얼굴로 한동안 말 없이 마주 보고 서 있었습니다.

바람은 여전히 그치지 않고 창문은 빗방울에 흐려진 채 덜컹거리고 있었습니다.

시대와 세대를 뛰어넘는
겐지 문학의 환상적인 세계

　미야자와 겐지는 1896년 8월 27일 일본 이와테현 하나마키에서 태어났다. 일본 지도에서 이와테 현을 찾아보면 거의 북쪽에 위치해 있다. 동쪽으로는 태평양, 북쪽으로는 일본 혼슈의 북쪽 끝에 있는 아오모리현과 접하는데 태평양 측 연안부는 해양성 기후로 여름에는 시원하지만 내륙은 내륙성 기후로 여름에는 덥고 겨울에는 춥다. 겐지가 태어난 하나마키는 내륙으로 냉해와 가뭄이 심한 곳이다. 이와테현이 속한 동북 지방은 자연 재해가 많은 곳이기도 하다. 겐지가 태어나던 해에도 이 지방에 해일과 홍수, 지진으로 큰 피해가 있었다고 한다. 이러한 자연 환경은 그가 지은 시 〈비에도 지지 않고〉를 읽어보면 잘 알 수 있다.

　전체 16행 가운데 앞의 4행을 인용해보겠다.

비에도 지지 않고 바람에도 지지 않고

눈에도 여름 더위에도 지지 않는

(중략)

가뭄 들면 눈물 흘리고

냉해 든 여름이면 허둥대며 걷고

겐지의 고향은 비와 눈이 많이 내리고 바람이 많이 불며 여름에
는 무척 덥다는 사실을 알 수 있다. 또한 가뭄과 냉해가 많던 것
도 알 수 있다. 그가 경험한 자연 환경은 작품에 고스란히 반영되
었는데 특히 이 책에 실린 〈바람의 마타사부로〉에 잘 드러난다.

이러한 척박한 곳에서 겐지는 전당포와 헌옷 가게를 운영하는
그 지역에서는 꽤 부유한 집안의 장남으로 태어났다. 장남으로서
가업을 이어야 했지만 겐지는 상인이 될 뜻이 없었다. 농림학교 농
학과를 졸업하고 농업학교 교사를 하다가 그만두고 동화를 쓰고
시를 짓는 한편, 토지를 개량하고 농민들에게 벼농사 재배법을 가
르치고 비료 설계 사무소를 운영하며 상담도 했다. 또한 농민들도
예술을 향유해야 한다는 생각으로 '농민 예술론'을 강의했다. 겐
지는 1933년 37세에 폐렴이 악화되어 세상을 떠나는데 그 전날까
지 농민에게 비료 상담을 해주었다고 한다.

겐지의 정확한 작품 수는 밝혀지지 않았지만 《미야자와 겐지
전집》에 700여 편이 수록되어 있으며 그가 살아 있을 때는 작품
에 대한 정당한 평가를 받지 못했다. 1921년 12월 잡지 《애국부

인》에 동화 〈눈길 걷기〉를 발표하여 원고료 5엔을 받았는데 그가 생전에 유일하게 받은 원고료였다. 참고로 당시 쌀 10킬로그램이 2엔 5전이었다.

이 책에는 겐지 문학의 정신적 뿌리가 되는 작가의 고향인 이와테현의 자연과 농민에 대한 애정을 바탕으로 인간과 자연, 생명과 죽음에 대한 작가의 깊은 통찰을 보여주는 대표작 세 편이 실려 있다. 우선 〈은하철도의 밤〉을 살펴보겠다.

〈은하철도의 밤〉은 널리 알려진 애니메이션 〈은하철도 999〉의 모티브가 된 소설이다. 〈은하철도 999〉의 주인공 철이와 메텔이 은하 초특급 999호를 타고 은하계를 여행하는 것처럼 조반니는 켄타우루스 축제가 열리는 밤, 열차를 타고 같은 반 친구 캄파넬라와 은하 여행을 한다.

두 사람은 은하 강가의 모래밭에서 작은 불꽃이 타오르는 수정 모래알을 만져보기도 하고, 별자리들을 지나기도 한다. 또한 두 사람은 기차 안에서 만난 새잡이에게 과자 맛이 나는 기러기 고기를 얻어먹기도 하고 등대지기에게 황금빛과 붉은빛이 아름다운 사과를 얻기도 한다. 빙산에 부딪혀 배가 침몰해서 오게 됐다는 청년과 두 아이를 만나기도 한다.

처음 이 부분을 읽었을 때 '앗! 뭐지. 이 기차는 죽은 사람들이 타고 있는 기차인가?' 하고 생각했다. 한편으로 영화 〈타이타닉〉을 생각했다. 세 사람이 기차까지 오게 된 과정이 타이타닉과 흡사하기 때문이다.

여행 도중 캄파넬라가 뜬금없이 조반니에게 말한다.

"엄마가 날 용서해주실까?" 문맥의 흐름에 맞지 않는 이 말의 의미는 대체 무엇인가 하고 의문을 품고 읽다가 마지막 장을 넘기고 나니 소름이 돋는다.

이 작품을 다 읽고 나면 엄마 이야기를 하면서 왜 캄파넬라가 '터지려는 울음을 가까스로 참고 있는 듯' 했는지, 또 이 열차에 다른 친구들은 타지 못하고 캄파넬라만 탈 수 있었는지를 알게 된다.

조반니와 캄파넬라의 여행은 결국 둘만 기차 안에 남게 되고 마침내 캄파넬라도 사라지고 조반니만 남는 것으로 끝난다. 이윽고 조반니는 잠들었던 언덕 풀숲에서 깨어난다. 그리고 언덕에서 내려와 캄파넬라가 강에 빠진 같은 반 친구 자네리를 구하려다 죽었다는 사실을 알게 된다.

〈은하철도의 밤〉은 겐지가 세상을 떠난 후 출판되었다. 초고는 1924년 무렵에 쓰기 시작하여 작가가 세상을 떠나기 직전까지 네 번에 걸쳐 퇴고했지만 끝내 미완으로 남았다. 이 작품이 처음 세상에 나온 것은 1934년 문포당(文圃堂)에서 간행한 《미야자와 겐지 전집》(제3권)에 수록되면서였다.

미야자와 겐지만의 독특한 상상력이 빚어낸 은하라는 환상적인 세계 속에 그려지는 삶과 죽음의 주제에 독자들의 반응은 어땠을까? 출판 당시 미야자와 겐지는 무명작가였고 그가 쓴 작품에는 당시의 분위기를 반영한 민족주의 요소나 군국주의 요소가 없어서 긍정적인 평은 얻지 못했다고 한다. 〈은하철도의 밤〉 역시 그랬을 것이다. 특히 이 작품은 판타지 소설로 볼 수 있는데 과연 동시대 사람들이 이 작품을 받아들일 수 있었을까? 하는 의문이 드는 것도 사실이다. 나 역시 수년 전에 읽었을 때는 난해해 특별한 재미를 느끼지 못했는데, 다시 읽고 소름 돋는 반전을 느꼈다. 수년 후 다시 읽으면 또 다른 재미를 느끼게 되지 않을까 생각한다.

〈주문이 많은 요리점〉은 딘편집 《주문이 많은 요리집》에 수록된 아홉 작품 중 하나다. 단편집 《주문이 많은 요리점》은 겐지가 살아 있을 때 출판된 유일한 작품집이기도 하다. 1924년 12월 1일 자비 출판이나 다름없는 형태로 1,000부를 출판했는데, 삽화가 들어간 책값은 1엔 60전으로 비교적 비싼 편이라 거의 팔리지 않았다.(참고로 당시 영화 입장료는 30전 정도였다고 한다.) 이 단편집에 실린 작품에는 끝에 날짜가 적혀 있는데 단편 〈주문이 많은 요리점〉은 1921년 2월 10일이라고 적혀 있는 걸 보아 이때 완성된 작품인 듯하다. 원래 12권으로 간행될 예정이었으나 생각보다 팔리지 않고 작품 평도 썩 좋지 않아 겐지는 그 후 구상하고 있던 동화집 출판을 접어야 했다. 때문에 겐지 생전에 출판된 단행본은 시집 《봄과 아수라》(1924) 두 권뿐이다.

작품에 등장하는 영국 병사 차림을 한 젊은 신사는 자신들의 개가 죽었음에도 마음 아파하기는커녕 손해 본 것만 계산한다. 서양 요릿집인 살쾡이의 집에서 이들이 보여주는 속물근성과 어리석음이 어떤 위험을 불러오는지 잔혹한 유머로 묘사한 점이 특히 인상에 남는다. 결국 요리점에서 경험한 공포로 종잇조각처럼 구겨진 얼굴은 원래대로 돌아오지 않게 되는데 여기서 구겨진 얼굴은 바로 인간의 탐욕임을 알 수 있다.

십수 년 전 이 작품을 처음 접했을 때 장사가 잘되는 요리점인 줄 알고 읽기 시작했는데, 예상과 전혀 다르게 손님에게 주문이 많은 요리점이었다. 유머 속의 공포만큼이나 참신함이 느껴지는 구성이다.

이 책의 마지막 단편인 〈바람의 마타사부로〉는 겐지가 세상을 떠난 다음 해인 1934년에 발표되었다.

바람이 몹시 불던 9월 1일, 이상한 소년이 전학을 온다. 아이의 이름은 다카다 사부로지만 아이들은 마타사부로라고 부른다. 친구로 받아들이면서도 바람의 신이라고 여기는 까닭은 뭔가를 할 때마다 바람이 부는 낯선 소년에게서 아이들은 바람의 신 같은 두려움과 경외의 마음을 품기 때문이다.

이 작품은 눈앞에서 펼쳐지는 듯 이야기를 생생하게 묘사한다. 마타사부로와 아이들이 함께하는 일상, 즉 고원에 놀러 가기도 하고 포도를 따러 가기도 하고 강에 수영을 하러 가기도 하는 이 이야기는 사실적 묘사뿐 아니라 바람에 대한 묘사가 매우 탁월하게 표현되어 있다. 아마도 작가의 고향인 동북 지방 사람들이 태풍에 대해 느끼는 불안감, 두려움을 잘 알기 때문일 것이다. 태풍의 계절에 전학 온 학생과 산골 아이들이 나누는 짧지만 오래 기억될 유년의 추억이 신비롭고 아름답게 묘사된 작품이다.

겐지는 동화 작가이기도 하지만 시인이다. 그래서 작품을 읽고 나면 산문시를 읽은 듯한 느낌이 든다. 그래서일까? 대체로 시가 소설보다 이해하기 어려운 것처럼 겐지의 작품은 동시대에 나온 다른 작품보다 이해하기 어렵다. 나의 경우에도 〈은하철도의 밤〉을 처음 읽었을 때 작가가 전하려는 메시지를 파악하기가 어려웠다. 무엇보다 주인공의 이름이 조반니와 캄파넬라라니……. '대체 이 아이들의 국적은 어디야!'라는 생각이 들었다.

요즘에 책을 읽을 때는 작가가 전하려는 메시지보다는 내 나름대로 재미있는 부분을 찾아내며 읽고자 한다. 특히 겐지의 작품은 그러한 요소가 많다. 독자 여러분도 겐지의 작품에서 자기만의 재미를 찾아내기 바란다.

장현주

1896년   이와테현 히에누키군 하나마키시에서 전당포와 헌옷 가게를 하던 아버지 미야자와 세이지로와 어머니 이치의 장남으로 태어났다.

1905년   3학년과 4학년 담임 야기 에이조 선생님이 소개한《집 없는 소년》과《바닷물은 왜 짠가?》등의 작품은 겐지에게 커다란 영향을 주었다.

1906년   하나마키 불교회에서 주최하는 강습회에 아버지를 따라 참가했다.

1909년   모리오카 중학교에 입학하고 기숙사 생활을 시작한다.

뒷날 단가집《가고(歌稿)》에서 기숙사 시절을 노래했다.

1913년　기숙사 사감 배척 운동에 참가해 기숙사에서 쫓겨난 후 세이요인(淸養院) 절에서 하숙했다.

1914년　모리오카 중학교를 졸업하고《묘법연화경》에 심취했다.

1915년　모리오카 고등농림학교 농학과(현재 이와테대학 농학부)에 수석으로 입학 후 교내 불교 청년회에서 활동했다.

1916년　최초의 산문 단가〈가장제도(家長制度)〉를 썼고,《교우회회보》에〈수학여행 기행문〉을 발표했다.

1917년　동인지《아자리아》를 창간하고 단편〈여행자의 이야기〉를 발표했다.

1918년　모리오카 고등농림학교 졸업을 앞두고 진로 문제로 아버지와 대립하다가 졸업 후 대학원에 진학했다.《아자리아》에〈부활전〉을 발표했고, 이후〈산봉우리와 골짜기는〉과 동화〈거미와 민달팽이와 너구리〉,〈쌍둥이 별〉을 썼다.

1920년　단편〈고양이〉와〈라듐 기러기〉를 집필하고, 여름에는

〈여자〉, 가을에는 〈비늘구름〉을 기고했다. 11월에 불교 단체 국주회에 입회했다.

1921년　단편 〈전차〉, 〈이발소〉를, 시론으로 보이는 단편 〈용과 시인〉, 동화 〈떡갈나무 숲의 밤〉을 썼다. 또한 동화 〈달밤의 전봇대〉, 〈사슴 춤의 기원〉, 〈도토리와 살쾡이〉, 〈늑대 숲과 소쿠리 숲, 도둑 숲〉, 〈주문이 많은 요리점〉을 썼다. 9월에는 잡지 《애국부인》에 동화 〈은하수〉를, 12월에 동화 〈눈길 걷기〉를 발표(다음 해 1월호와 2월호에 2회 연재)하고 원고료 5엔을 받는다. 12월에 하나마키 농업고등학교 교사로 부임했다.

1922년　시집 《봄과 아수라》 제1집을 쓰기 시작했다. 동화 〈수선월의 4일〉, 단편 〈콜리플라워〉, 〈새벽녘〉을 썼다. 11월에 여동생 도시코가 사망했다.

1923년　동화 〈돌배나무〉, 〈빙하쥐의 털가죽〉, 〈시그널과 시그널레스〉를 《이와테 마이니치신문》에 발표했다.

1924년　《봄과 아수라》 제2집을 쓰기 시작했고, 4월에 시집 《봄과 아수라》 1,000부를 자비로 출판했다. 같은 해 12월에 단편집 《주문이 많은 요리점》을 자비 출판했다.

1926년 《보(貌)》4월호에 시 〈구름(환청)〉, 〈고독과 풍동(風童)〉
을, 《월요》 창간호에 〈오츠벨과 코끼리〉를 발표했으며 《월요》3호
에 동화 〈고양이 사무소〉를 발표했다. 하나마키 농업고등학교를
퇴임하고 '라스치진(羅須地人) 협회'를 설립하여 농민들에게 예술
과 비료 관련 기술을 가르쳤다.

1927년 《도라(銅鑼)》10호에 시 〈겨울과 은하스테이션〉을, 《모
리오카 중학교 교우회》41호에 시 〈은하철도의 1월〉을 발표했다.

1929년 《문예 플라닉》3호에 시 〈공명(空明)〉, 〈상처〉, 〈소풍 허
가〉, 〈주거〉, 〈숲〉을 발표했다.

1931년 동북 쇄석 공장의 기술자로 취직하여 탄산석회의 제조,
개량과 판매를 담당하면서 《아동문학》 창간호에 〈호쿠슈 장군과
삼형제 의사〉를 발표했고, 쿠사노 신페이가 〈미야자와 겐지론〉을
썼다. 같은 해 9월에 탄산석회 제품을 판매하러 도쿄에 갔다가 폐
렴이 다시 발병하여 병상에 누웠으며 11월에 사후 발표된 〈비에
도 지지 않고〉를 수첩에 써두었다.

1933년 〈노송나무와 개양귀비〉의 최종 원고를 수정하고 단가
두 편을 썼다. 죽기 전날에도 농민에게 비료 상담을 해주며 남다른
애착을 보였던 겐지는 9월 21일 법화경 1,000부를 인쇄하여 지인

들에게 나눠주라는 유언을 남기고 사망했다. 겐지가 세상을 떠난 이후 많은 작품들이 발표되어 많은 사람들의 사랑을 받았다.

옮긴이 장현주

대학에서 일어일문학을 공부한 후 일본 문학을 더 깊이 연구하고자 일본 분쿄대학교 일어일문학
과에 진학했다. 분쿄대학 대학원에서 일본 문학 석사학위를 취득한 후 분쿄대학 대학원에서 연구
생으로 1년간 더 일본 문학에 대해 연구했다. 옮긴 책으로 《IQ210 김웅용 : 평범한 삶의 행복을 꿈
꾸는 천재》, 《삼국지 1~10》, 《마음》, 《글 잘 쓰는 독종이 살아남는다》, 《도련님》 등이 있다.

은하철도의 밤 미야자와 겐지 단편선

초판 1쇄 펴낸 날 2018년 7월 30일

지 은 이 미야자와 겐지
옮 긴 이 장현주
펴 낸 이 장영재
편 집 백수미, 배우리, 서진
디 자 인 고은비, 안나영
마 케 팅 강동균, 강복엽, 노지훈
경영지원 마명진
물류지원 한철우, 노영희, 김성용, 강미경

펴 낸 곳 (주)미르북컴퍼니
자 회 사 더클래식
전 화 02)3141-4421
팩 스 02)3141-4428
등 록 2012년 3월 16일(제313-2012-81호)
주 소 서울시 마포구 성미산로32길 12, 2층 (우 03983)
E-mail sanhonjinju@naver.com
카 페 cafe.naver.com/mirbookcompany

(주)미르북컴퍼니는 독자 여러분의 의견에
항상 귀 기울이고 있습니다.

파본은 책을 구입하신 서점에서 교환해 드립니다.
책값은 뒤표지에 있습니다.

세계문학
컬렉션

21 22 23 | **안나 카레니나 1~3** | 레프 니콜라예비치 톨스토이

톨스토이 생애 최고의 리얼리즘 소설 / 서울대학교 권장도서 100선 / 서울대학교 동서고전 200선
연세대학교 필독도서 / 미국대학위원회 선정 SAT 추천도서 / 오프라 윈프리 북클럽 권장도서
논술 및 수능에 출제된 책(1998~2005)

24 | **오즈의 마법사 1 – 오즈의 위대한 마법사** | 라이먼 프랭크 바움

미국대학위원회 선정 SAT 추천도서 / 연세대학교 필독도서 / 국립중앙도서관 선정 우수 번역서

25 | **리어 왕** | 윌리엄 셰익스피어

대한민국 명사 101인의 대표 추천작 / 서울대학교 권장도서 100선 / 연세대학교 필독도서
미국대학위원회 선정 SAT 추천도서 / 〈가디언〉지 권장도서 / 세인트존스 대학교 권장도서
논술 및 수능에 출제된 책(1998~2005)

26 27 28 29 30 | **레 미제라블 1~5** | 빅토르 위고

저명한 문학비평가들이 극찬한 세기의 걸작 / WTO 북클럽 추천도서
2013년 개봉한 영화 〈레 미제라블〉의 원작 / 전자책 베스트셀러 1위(2013)

31 | **월든** | 헨리 데이비드 소로

미국대학위원회 고교추천도서 101 / 미국대학위원회 선정 SAT 추천도서
박원순 서울시장이 선택한 책 50권

32 | **눈의 여왕**(안데르센 단편선) | 한스 크리스티안 안데르센

어린이문학에 꽃을 피운 불멸의 작가 / 세계를 움직인 100권의 책 선정
노벨 연구소 선정 세계 100대 문학 작품

33 | **오만과 편견** | 제인 오스틴

서울대학교 동서고전 200선 / 연세대학교 필독도서 / 세인트존스 대학교 권장도서
〈텔레그라프〉지 완벽한 도서관을 위한 권장도서 100 / 〈가디언〉지 권장도서
미국대학위원회 선정 SAT 추천도서 / 국립중앙도서관 선정 청소년 권장도서

34 | **로미오와 줄리엣** | 윌리엄 셰익스피어

서울대학교 동서고전 200선 / 미국대학위원회 선정 SAT 추천도서
칼리지보드 선정 고교생 필독서 101권

35 | **바람이 분다** | 호리 다쓰오

미야자키 하야오의 애니메이션 영화 〈바람이 분다〉 원작

36 | **맥베스** | 윌리엄 셰익스피어

서울대학교 권장도서 100선 / 연세대학교 필독도서 / 미국대학위원회 선정 SAT 추천도서
국립중앙도서관 선정 청소년 권장도서

37 | **신곡 – 인페르노**(지옥) | 단테 알리기에리

서울대학교 권장도서 100선 / 국립중앙도서관 선정 청소년 권장도서
미국대학위원회 선정 SAT 추천도서 / 〈뉴스위크〉지 선정 100대 명저

* 더클래식 세계문학 컬렉션은 계속 출간될 예정입니다.